중독자 김출중이
악령을 이기는 방법

애시 소설

중독자 김춧중이 악령을 이기는 방법

초판 1쇄   2022년 2월 28일

지은이   애시
펴낸이   최지윤
펴낸곳   시커뮤니케이션

등록   제 2019-000012 호
팩스   0303)3443-7211
홈페이지   www.seenstory.co.kr
페이스북   https://www.facebook.com/seeseesay
이메일   seenstory@naver.com

서점관리   하늘유통
찍은곳   하정문화사

ⓒ 애시, 2022

ISBN   979-11-88579-91-4 (03810)

중독[1] (명사)

1. 생체가 음식물이나 약물의 독성에 의하여
기능 장애를 일으키는 일.
2. 술이나 마약 따위를 지나치게 복용한 결과,
그것 없이는 견디지 못하는 병적 상태.
3. 어떤 사상이나 사물에 젖어 버려
정상적으로 사물을 판단할 수 없는 상태.

1   네이버 국어사전, (https://ko.dict.naver.com/#/entry/koko/d03917fa2b714
4dc8d9d448b22b9e242)

차례

중독자 김출중이
악령을 이기는 방법

애시 소설

시커뮤니케이션

주식으로 갑부가 된 후

자살 시도만 7번을 했다.

모두 다 '기적적으로' 실패했다.

상습적으로 자살을 시도하면 결국 죽기 마련인데, 내
내 죽고 싶었던 나는 죽지 않았다. 도무지 죽을 수가 없
었다.

나를 죽지 못하게 방해하는 것은 악마일까 천사일까
생각해 봤는데, 아마도 악령일 것이다. 왜냐면, 내가 죽
고 싶었을 때 죽었으면 여기에 오지 않았을테니 말이
다. 게다가 악령이 없다면 내 인생 전체를 도무지 설명
할 수가 없다.

그런데 궁금하다. 내 인생을 방해하는 자식이 악령이
라면, 악령은 대체 왜 내 죽음을 이렇게 방해하는가? 앞
뒤가 맞지 않는다. 죽을 수밖에 없는 상황을 만들어 놓

고 왜 죽지 못하게 만드는가? 신이건 악령이건 왜이리 일관성이 없냐. 나를 이토록 나락으로 끌어 당기는 이유가 내 몰락과 죽음이 아니냐는 말이다.

궁금해하는 사람은 없겠지만, 나는 주식만으로 강남의 작은 아파트 30채 값을 벌었다. 그것도 몇 년 사이에, 아주 빠르고 손쉽게 벌었다.

지금 생각해보면 이것도 '기적'이다. 왜냐면 주식으로 1억 '만드는' 방법은 바로 2억으로 시작하는 것이라는 말이 있다. 2억으로 시작하여 1억을 날리면 1억이 되니 어쨌든 1억을 만든 것이다. 굳이 설명하자면, 주식으로 돈벌기란 지극히 어렵고 돈 날리기가 십상이란 뜻이다.

그런데 나는 아주 손쉽게 벌었다. 아무리 주머니 돈이나 쌈지 돈이나 주식만하면 다 오르던 시절이라고는 해도, 너무 많이 벌었다. 주식 초보 주제에 말이다.

시작은 평범했다. 20대 후반부터 운영하던 사업이 성공가도를 달릴 무렵이었다. 당시 여윳돈이 남아돌던 나는 심심풀이로 주식에 1천만 원을 넣었는데, 그게 한달 사이에 3배가 올랐다. 당시로서는 변두리 아파트 한 채 값을 한달만에 번 것이다.

'어라, 이것 봐라?'

색다른 세계였다. 돈을 이렇게 쉽게 빠르게 벌 수 있다니. 나는 조금씩 더 많이 베팅했다. 내가 돈을 넣으면 그 종목이 무섭게 올라 상한가를 쳤다. 그러면 하루 종일 주식 현황판을 들여다 보고 있던 나는, 재빠르게 그걸 팔았다.

상상이 되는가. 원래 넉넉하던 살림에, 주식으로 돈이 물밀 듯이 들어오다니. 돈이 뻥튀기라도 되는 듯한 느낌이었다. 돈만 넣으면 훨씬 더 많은 돈이 들어왔다. 우리 가족 네 명이 열심히 써도 다 쓸 수 없을 정도의 돈이 쏟아져 들어왔다.

너무나 손쉽게 거액을 버니, 잘하던 사업이 갑자기 재미가 없게 느껴졌다. 그전에는 항상 새벽 4시에 일어나 운동하고 일하던 성실한 내가, 주식 맛을 본 후엔 번듯한 사업을 접어버리고 밤낮으로 주식에 매달리게 되었다. 그리고 그 열정만큼 크게 벌었다.

결국 나는 자신감이 과도하다 못해 전능감에 빠져, 몇 번만 더 상한가를 치면 63빌딩도 살 수 있을 것이라는 망상에 빠져 버렸다. 그 일이 얼마나 현실적인지는 생각하지 않았다. 나만 주식을 하는 것도 아닌데, 왜 다른 사람들은 63빌딩을 살 수 없는지는 생각하지 않았다. 단지 63빌딩을 사면 운영을 누구에게 맡길까만 고민이었다. 나는 계속 주식 투자를 거듭해 재벌이 되고, 정치인이 되어야 하고, 누군가는 내 소유의 63 빌딩을 운영하며 내게 꾸준히 자본을 대주어야 하니까 말이다.

생각해 보면, 이때 이미 내 머릿 속은 정상이 아니었다. 악령이 내 이성과 욕심의 틈새를 파고들고 있는 와중이었다. 나는 작은 지렁이 한 마리의 유혹을 이기지 못해 미끼를 물어버려, 곧 회쳐질 물고기처럼, 주식 대박이라는 미끼를 덥석 물어 악령의 낚시줄에 걸린 것이었다.

게다가 이 전능감은 주변 사람은 다 내 시중을 드는 사람인 양 생각하게 만들었다. 아니지, 누가 만든 게 아니라 내가 그렇게 생각한 것이지. 나중에 이토록 기이한 천벌을 받으려고 말이다.

당시 나는 집에 가면 쇼파에 앉아서 아내에게 담배 가져와라, 재떨이 가져와라 시켰다. 집안 일은 도통 하지 않고 집안에서 나를 떠받들어 주어야 한다고 생각했다.

 가장 사랑하는 가족에게 그랬으니 다른 사람에게는 어떠했겠는가. 졸부가 되고 나는 지극히 오만해졌다.

 돌이켜 보면 내 인생에서는 기괴한 일들이 종종 일어났다. 그러나 별달리 신경 쓰지는 않았다. 딸만 셋을 낳았던 부모님이 산에서 기도하며 각종 주술을 다 동원하여 겨우 얻은 아들이 바로 나라서 그런가보다 생각했고, 그렇지 않더라도 때로는 누구에게나 이상한 일은 조금씩 있다고만 생각하였다. 나도 신기한 일을 조금은 믿는, 뭐랄까 아주 약간은 비현실적인 사람인지라 자연스럽게 이상 현상들을 받아들이기도 하였다. 어쨌든 당시의 나는 순식간에 강남의 작은 아파트 30채를 살 정도의 돈을 벌었다.

 하지만 지금은 죽고만 싶다. 그러나 죽을 수가 없다. 누군가 내 죽음을 방해하고 있기 때문이다. 나도 믿어지지 않지만 어쨌든 그렇다.

 이게 형벌이라면 정말이지, 너무나 불공평하다. 난 평범하게 살아왔다. 조금씩 거짓말도 하고, 잘나갈 때 교만하기도 했지만, 내가 남들보다도 더 엄청난 죄를 지은 것은 아니지 않은가?

나는 꼭 죽어야만 한다. 그래야만 남은 사람들이 모두 행복해지고, 나도 이 고통을 끝낼 수 있다. 그런데 도무지 죽을 수가 없다. 처음에는 우연이라고 생각했다. 우연히, 이토록 재수 없는 나는 죽지도 못한다고 생각했다. 다음 번에 확실한 방법을 사용하면 당연히 죽을 수 있다고 생각했다. 하지만 그렇지가 않았다.

다들 관심이 없을지도 모르겠으나, 내 이야기를 풀어 놓아 보겠다. 누가 들어도 이상할 것이다.

앞서 잠시 말했지만, 나는 7번이나 자살시도를 하였다. 그 이야기를 먼저 해야겠다. 이 이야기를 들으면, 다른 분들도 조금은 '뭔가 좀 이상한데?'하는 생각을 할 것이다. 그러면 나는 용기를 얻어 '그래, 이상하지? 근데 실화야!'라고 말하면서 나에게 일어난 기이한 일들을 모두 이야기할 수 있을 것이다.

지극히 평범한 자살

첫 번째 자살 시도는 평범하였다.

가족들이 아무도 없을 때, 안방에 들어가 장롱 옷걸이 봉에 목을 매었다.

당시 나는 스트레스로 인해 몸무게가 한껏 불어나 있었다. 이렇게 죽는구나, 싶었던 절체절명의 순간, 육중한 몸무게 때문에 봉이 부러져서 나는 살았다. 연결 부위가 빠진 것도 아니고 그 쇠봉이 댕강 부러졌다. 이때는 이상하다고 생각하지 않았다. 그냥 내가 육중하기 때문이라고만 생각했다. 장롱에 달려 있는 튼튼한 옷걸이 봉이, 그것도 주식으로 갑부가 되었던 사람이 사용하던, 최고급 장롱의 옷걸이봉이 한 사람 정도 매달렸다고 해서 부러졌는데도 말이다.

어쨌든 이후로 한동안 나름 열심히 살았다. 꽤 수입도

괜찮고, 착한 아이들과 선량한 아내, 나만 아는 부모님과 형제 자매와 친구들도 있었다. 죽고 싶은 마음은 여전했지만, 그럭저럭 버틸 수는 있었다.

지나고 나서 생각하니, 자살 시도는 충동적인 행동이다. 충동이란 항상 있는 게 아니다. 때때로 생겨나고, 그때만 잘 넘기면 한동안은 괜찮다. 마음 속으로 항상 자살을 생각하기는 하지만, 충동이 강력하지 않으면 그럭저럭 잘 살 수는 있다. 때때로 기분 좋은 날은 '나도 살만한 사람이야, 살만한 세상인걸.'이라고 생각할 수도 있다.

그러나 그 괜찮은 시기를 잘못 보내면 역시나 강력한 충동이 다시 찾아오곤 하는 것이다.

두 번째 자살 시도 역시 평범하였다.

그날도 집에는 아무도 없었다. 나는 욕실에 들어가 욕조에 물을 받고 손목을 그었다.

'이제서야 확실하게 죽는 구나.'

나는 욕조 안에 아름답게, 아니 솔직히 말하면 '끔찍하게' 퍼지는 피를 보며 고개를 숙이고 눈을 감았다.

'이 피곤한 세상에서 이제 떠나는 구나.'

그러나 이번에도 죽을 수가 없었다. 피가 흥건히 흘러나와 욕조 안이 온통 난장판이 될 즈음, 분명 집에 아무도 없었는데, 어린 딸이 욕실 밖에서 울부짖었기 때문이다.

"아빠! 살아만 계세요! 제발 살아주세요!"

딸은 언제 집으로 돌아왔을까. 그리고 어떻게 알았을까. 내가 죽으려고 한다는 것을.

어린 딸에게 평생 상처를 남길 수는 없었다. 나같이 지독한 삶을 살게 할 수는 없었다. 나는 차마 죽지 못하고 결국 손목을 동동 싸매고 밖으로 나왔다. 그리고 그대로 응급실에 가서 수혈을 받았다.

그렇게 나는 또 살았다.

이때 역시 나는 '어떻게 딸이 이걸 알았지?'라고 생각하지 않았다. 그냥 아빠의 자살 시도를 깨달은 딸이 받았을 상처를 생각하며 안타까웠고, 내 신세가 더욱 처량하게 느껴졌다.

여담인데, 당시 아내는 피 흘리는 내 몰골을 보고 그 자리에서 쓰러져 버렸다. 그리고 나와 함께 실려와 두

부부가 응급실에 나란히 누워 있었다.

꼴이 말이 아니었다.

'비참한 자식!'

이 말 외에 다른 할 말이 없었다.

세 번째 자살 시도까지도 평범하다고 할 수 있다. 평범하다는 것은, 실패한 이유를 상식적인 선에서 납득할수는 있다는 뜻이다.

두 번이나 자살에 실패한 나는 확실한 방법을 선택하기로 하였다. 내가 살던 아파트 옥상, 그러니까 15층 건물의 옥상 위에서 뛰어내리려고 한 것이다.

비오는 날이었다. 옥상에서 아래를 보니 아찔했다. 맨정신으로는 뛰어내리기가 어려웠다. 그래서, 담배 두 갑과 소주 세 병을 샀다. 옥상 위에 올라가서 소주 세 병을 한 번에 마시면서 담배 두 갑을 빠르게 다 피워댔다. 당연히 정신이 몽롱해졌다. 그 상태에서 난간 아래를 내려다 보았다. 달콤했다. 저 멀리 잔디가 깔린 바닥이 몹시 부드럽고 편안해 보였다.

'드디어 이렇게 죽을 수 있구나.'

나는 잠시 뒤로 걸어갔다가, 난간을 향해 뛰었다. 그리고 난간을 넘어서 뛰어 내렸다. 천지가 빙글 돌았다. 나는 아득하고 어지럽게 땅으로 내려 앉았다.

'이게 죽음인가.'

다음 날, 내가 옥상 위에서 눈을 뜰 때까지 나는 그렇게 생각하고 있었다. 나는 아주 멀쩡하게 옥상 위에 누워서 숙취 상태로 잠에서 깨어났다.

'왜 살아 있지? 분명히 15층에서 뛰어내렸는데? 난간을 뛰어넘고나서 땅에 떨어지고나서 정신을 잃었는데? 근데 여긴 여전히 옥상이잖아? 게다가, 난 왜 이렇게 멀쩡하지?'

그랬다. 난 15층 아래 바닥이 아니라, 여전히 내가 술을 마시던 그 자리에 누워 있었다.

'술이 너무 취해있었나.'

나는 최대한 머리를 굴려 이게 무슨 상황인지 생각해보았다. 아마도 술에 너무 취해서 뛰어내린답시고 난간을 붙잡고 제자리 뛰기를 했을 것이다. 다시 말하자면, 난간까지 비틀거리며 뛰어가서, 난간에 부딪혀서 뒤로 나자빠졌을 것이다. 그렇지 않고서야, 뛰어내렸는데 어떻게 옥상 위에 누워 있을 수가 있겠는가.

　허탈했다.

　하지만 급격히 몰려오던 자살 충동이 사라진 덕에 나
는 집으로 내려가 한동안 열심히 살았다. 죽지 못해서
겨우겨우.

치밀한 흉터

네 번째 시도는 조금 더 치밀하였다.

당시 나는 비가 오는 날이면 자살 충동이 더욱 심각해졌다. 그날도 그랬다. 비가 오는 날이었다. 그날은 술을 아주 가볍게 마셨다. 이전의 실패가 술을 너무 많이 마셔서라고 생각했던 탓이다.

소주를 반 병 정도만 마시고 다시 옥상 위로 올라갔다. 하늘은 어둑어둑하고, 을씨년스런 날씨에 기분이 더욱 나빠졌다. 나는 반드시 죽고 싶었다.

그런데, 내가 여기서 한 마디 하겠는데, 자살하려는 사람에게 '그 용기로 살아라.'라고 충고하는 것은 대단히 쓸모 없는 말이다. 오히려 상처를 덧붙이기 십상이다.

자살하려는 사람은 이 세상을 살아갈 용기가 없어서라기 보다는 죽음을 달콤하게 느끼는 경향이 있다. 모든 것을 끝낼 수 있는 죽음, 모든 것을 잊고 편안하게 안식할 수 있을 것만 같은 영원한 잠. 나 역시 그랬다. 사는 게 불편하고 번거로울 때, 현실에 대한 막연한 불안이 나를 감싸면서 강렬한 자살충동이 일어날 때, 다시 옥상으로 올라가는 것이다. 이번에는 술이 과하지 않게 적당히 취해 있었다.

옥상에서 아래를 내려다보니 바닥은 부드럽고 푹신해 보였다. 바닥은 전혀 무섭지 않았다. 단지 나뭇가지들이 뾰족해 보여서 조금은 공포스러울 뿐이었다.

'그래, 어쨌든 그냥 죽자.'

나는 이번에는 제대로 뛰어내렸다.

죽고 싶다는 생각을 하다보면 정말로 죽고 싶어진다. 악령은 대개 티나게 갑자기 점령하지 않는다. 조금조금 다가올 때가 더 많다. 사람은 갑자기 잘못된 길로 가지 않고 조금씩 엇나가다가 나중에는 관성이 붙어 폭풍에 휩쓸리듯 휘말리는 것이다. 나는 조금씩 죽고 싶다는 생각을 억누르며 살다가, 나중에는 항상 죽어야겠다고 생각하게 되었다.

지금 생각해 보면, 당시는 주식을 그만두고 취직하여,

대기업 부장급 연봉을 받던 시절인데도 나는 내 삶이 구질구질하고 희망이 없다고 생각했다. 희망 없는 삶을 더 살고 싶지가 않았다. 이 생각은 나에게 큰 상처가 되었다.

큰 상처는 흉터를 남긴다. 자살 충동이 스치고 지나간 자리는 워낙에 상해가 커서, 흉터를 남겼다. 충동의 흉터란 '충동을 항상 생각한다'는 것이다. 무슨 뜻이냐면, 충동을 느낄 당시에 생각했던 것들, 그러니까 내 인생은 구질구질하고 더 이상은 살아봐야 희망이 없고, 나는 반드시 죽어서 평안을 찾아야 겠다는 그 생각이 마치 피부에 남은 흉터처럼 생각에 박혀 지워지지 않는 것이다.

현실에서는 내가 젊은 나이에 대기업 부장급 연봉을 벌고, 착한 아내와 예쁜 딸, 귀여운 아들 모두 건강하고 나를 사랑하는데도, 부모님 모두 건강하고 나를 떠받들어 주시는데, 그 생각은 변함이 없는 것이다.

어쨌든 나는 이번에는 유연하게 뛰어내렸다. 워낙 오래 생각하고 열망했던 죽음이라, 뛰어내리는 순간에도 주저하지 않았고, 뛰어내린 직후에 맨정신에도 후회스

럽진 않았다. 그냥 돌격하자는 심정이었다. 하지만 내가 후회를 하게된 것은 엉뚱한 부분에서였다.

나는 이번에도 죽지 않았다. 하필이면 재수 없게 나뭇가지에 걸려 살았던 것이다. 나무는 내 목숨을 살려준 대신 다른 벌을 주었다. 무슨 말이냐면, 나는 그 나무에 그냥 부드럽게 걸린 것이 아니라 엉덩이가 거세게 부딪히며 걸린 것이다. 때문에 비가 오면 엉덩이가 미친 듯이 쑤신다. 젠장.

이때부터 약간 이상하다고 생각하였다.

'왜 이렇게 죽지 못하는 것일까? 꼭 누가 방해하는 것처럼 말이다.'

하지만 심각하게 생각하진 않았다. 죽지 못해 화가날 뿐이었다. 이렇게 구질구질하게 사는 내 자신에게, 더 이상 나를 통제 못하는 미치광이 내 자신에게.

다섯 번째 자살 시도 역시 비 오는 날이었다.

이미 여러 번 자살시도를 한 나는 스스럼 없이 아파트 옥상 위에 올라갔다. 아무렇지도 않게 옥상으로 올라간 나는, 하늘을 보지 못하고 판사의 시선을 피하는 죄인처럼 옥상 바닥만 바라보았던 것으로 기억한다. 비오는 날의 불길한 하늘을 보고 싶지 않아서였다. 그 을씨년스런 하늘을 보면 내 불쌍한 죽음이 더 재수 없게 느껴질까봐 두려웠다.

'하늘엔 무엇이 있는지 알 수가 없단 말이야. 통제할 수 없고, 파악할 수 없는 것들은 피하고 싶다.'

불행인지 다행인지 어두워서 아무것도 보이지 않았다. 나는 이번에도 아무 거리낌 없이 난간을 넘어서서, 술취한 자의 맥풀린 손으로 15층 난간에 매달렸다. 누군가 아래에서 날 보았다면 분명 소리쳤을 것이고, 그러면 나는 그 비명을 기화로 손을 놓아버렸을 것이다. 그러나 비오는 날인데다가 이미 늦은 밤이었다. 아파트 단지는 기분 나쁠정도로 고요했다.

나는 한 손을 놓아보았다. 아무렇지도 않았다. 비가 내리는 와중인데도 미끄럽지도 않았다. 신기한 일이었다. 마치 숙련된 서커스 단원처럼 나는 생명을 건 묘기를 부리고 있었다.

'슬슬 남은 한 손을 놓을까.'

아래를 내려다 보았다. 내가 죽을 자리가 어디인지 살

펴보려고 했던 것이다. 그러나 나는 다음 순간 조용히 난간을 잡고 기어 올라가 다시 옥상 평편한 땅을 딛었다. 내가 떨어질 땅에 나무가 뾰족하게 서 있는 것이 공포스러웠기 때문이다. 뾰족한 것이 무서워서 나는 그 미끄러운 난간을 잡고 다시 옥상 위로 올라왔다. 이때부터 나는 뾰족한 것에 대한 공포증을 가지게 되었다. 일전에는 나무에 부딪혀서 평생 나를 괴롭히는 통증을 얻었는데, 이번에는 평생 갈 공포를 얻었다. 뾰족한 것을 보면 본능적이고 거센 두려움을 느끼게 된 것이다. 살아 있는 내내 그 날을 기억하라는 무언의 압박일까.

여기서 다시 말하지만, 비가 오는 날인데 조금도 미끄럽지 않았고, 술에 적당히 취한 상태였는데도 손에 힘이 풀리지 않았다. 물론 환각을 볼 정도로 술에 취한 것은 아니었다. 기분이 조금 좋고 약간 몽롱할 정도로만 취했었다. 그러니까, 내가 경험한 것을 나는 똑똑히 기억할 수 있다.

나는 분명히 비 오는 날 물기 흥건한 난간을 한 손으로 붙잡고 있었으며, 조금도 손이 미끄러지지 않고 아파트 옥상 난간을 넘어 다녔다.

'악령이 있긴 있구나.'

이날부터 나는 악령의 존재를 부인할 수가 없게 되었다. 그리고 몹시도 헷갈렸다. 내가 죽지 못하게 막는 것은 악령인가 아니면 신의 은총을 전해주는 천사인가. 아니, 혹시 그것들인 번갈아 가면서 나를 찾아오고, 서로 방해하면서 내 인생을 이리 가게도, 저리 가게도 만드는 것이 아닐까.

내 분이 풀릴 때까지

여섯 번째에는 더 이상 아파트 옥상으로 올라가지 않았다. 뾰족한 것과 높은 곳에 지독한 공포증이 생겼기 때문이었다. 대신 누구나 쉽게 접근할 수 있는 자살 장소, 즉 지하철로 갔다. 당시는 전철에 자살 방지 스크린이 없었던 시절이라, 누구나 마음만 독하게 먹으면 끔찍하고 고통스럽지만 쉽게 죽을 수 있는 시절이었다.

잠시 후에 이야기하겠지만, 나는 반드시 죽어야만 하는 사람이었다. 주변 사람들 역시 내가 죽는 걸 바랐을지도 모르겠다. 가족 중에는 분명히 '제발 너 죽어라'라는 태도를 보인 사람도 있었다. 나도 그러고 싶지만 이상하리만치 죽지 않아 정말이지 답답했다. 나는 하릴없이 하루하루 조금씩 더 죽고 싶다는 생각을 쌓아가다가 드디어, 비가 오고 자살 충동이 극심해진 날, 지하철로 달려간 것이다.

'한방이면 된다. 금방 끝난다.'

나는 지하철 플랫폼에 서서 열차가 들어오기를 기다렸다. 저 멀리서 벨이 울리고, 열차가 빠른 속력으로 들어올 때, 나는 머리를 열차가 들어오는 쪽으로 들이밀었다. 열차는 아주 빠르게 지나갈 것이다. 열차가 내뿜는 빛은 나를 이 지긋지긋한 세상에서 구원하여 천국으로 인도할 반가운 빛이었다. 나는 그토록 애타게 기다리던 죽음을 드디어 맞이할 수 있을 것이다,라고 생각했는데 순간 갑자기 내 몸이 공중으로 붕 떠올랐다.

'이렇게 날아가면서 죽는 건가? 어? 근데 어떻게 생각은 할 수 있지? 어? 열차가 저만치 멀리 있네?'

정신을 차려보니, 나는 승강장 바닥에 내동댕이 쳐져 드러누워 있었다.

'이런, 제기랄!'

등어리에 스프링이라도 달린 것처럼 발딱 일어나니, 옆에 내 생명의 은인이 서있었다. 덩치가 산만하고 여드름 투성이의 대체복무요원이었다. 당시에는 '방위'라고 불리던 그들이었다.

짜증나는 표정을 지으며 침을 뱉어대는 훈훈한 자세로 그는 나를 따듯하게 쏘아보았다. 그렇다. 이 어린 자식이 달려오는 전차에 대가리를 들이민 나를 발견하고, 빠르게 내 뒷덜미를 잡고 들어올려, 사정없이 바닥에 내친 것이다.

이후로 우린 참으로 솔직한 대화를 나누었다.

일단, 나는 주먹을 쥐고 녀석을 쥐어박으려고 달려들었다.

"이 새끼야, 왜 네가 나를 못 죽게 하냐?"

하지만 상대는 직장에서 잘릴 걱정이 없는 대체 군복무요원이라, 거리낄 것도 없는 녀석이었다. 이 말인즉슨, 이 녀석은 미친 자살 시도자에게 친절이나 예절같은 것은 접어두어도 되는 입장이란 뜻이다. 최선을 다해 달려드는 나를 그는 육중한 몸으로 밀어내며 자신의 솔직 담백한 심정을 전했다.

"아저씨, 재수 없게 왜 여기서 죽어요?"

자살 시도자에 대한 위로같은 것은 눈꼽만큼도 발견할 수 없고, 다만 여기서 네가 죽으면 내가 재수가 없으니 다른 역 가서 죽으려면 죽으라는 암시가 가득한, 인간애 넘치는 목소리였다.

나역시 진심이 가득한 언어로 화답하였다.

"이 새끼야, 너 때문에 내가 못 죽었잖아! 난 죽고 싶단 말이야!"

나의 열정에 화답하는 그의 목소리도 힘이 넘쳤다.

"꺼지시지 말입니다."

이후로도 한참이나 우리는 이토록 솔직하고도 격의 없는 대화를 나누었다.

내 분이 풀릴 때까지.

일곱 번째 자살은 폐쇄 정신병동, 노숙보다도 더한 인권 말살의 현장에서였다. 하지만 그 이야기는 잠시 미뤄두는 게 좋겠다. 왜냐면 중간에 설명이 너무 많이 필요하기 때문이다. 정신이 멀쩡한 내가 여기에 갇히게 된 이유와, 외부인의 출입이 금지된 그 이상한 왕국에서 무슨 일이 있었는지는 나중에 말하겠다.

이제는 내가 왜 이렇게 자살하고 싶었는지를 이야기할 차례다.

정의감에 불타는 중독자

객관적으로 보면, 내가 자살할만한 이유가 없었을지도 모른다. 하지만 세상 어느 누가 자기 자신을 '객관적'으로만 볼 수 있겠나. 내 생각에 내가 원하는 삶을 살 수가 없다면, 그것도 앞으로도 영영 그렇게 살 수 없다면, 그건 희망이 없는 것이지. 희망이 없다고 판단을 하면 그때부터 사람은 망가진다.

나도 망가졌다.

아주 처음부터 말하자면, 나는 취직이 안되는 사람이었다. 그래서 젊은 시절부터 사업을 했는데, 그 사업은 꽤 성공했다. 사업이 성공하니 여윳돈이 생기고, 나는 친구들이 진탕 술을 마실 수 있도록 거하게 술을 사기도 했다.

'인생은 즐기는 거구나! 돈이 많을수록 더 재미가 있구나!'

나날이 두둑해지는 통장도 든든했고, 잘나가는 나 자신이 자랑스러웠다.

그 즈음 친구의 권유로 주식을 시작했다. 단언컨대, 처음 주식에 투자했을 때 폭락하면 그건 복받은 것이다. 나의 경우, 호기심에 시작한 투자는 대성공을 했고, 그래서 나는 나락에 빠졌다.

혹시라도, 내가 왜 취직이 안 되는 사람이었나가 궁금한 독자를 위해 간단하게 말하겠다.

나는 시골 부농의 아들로, 교육열이 특심한 부모님 덕에 어릴 적에 홀로 서울로 유학을 왔다. 집에서는 가장 귀한 장남이었지만, 성장기에 부모님과 떨어져서 살면서 우울증에 걸리기도 하였다. 그래서 나는 유도를 배우고, 태권도를 배우면서 우울증을 떨쳐 내었다. 그리고 죽어라고 공부해서 부모님이 원하시는 명문대에 갔고, 열심히 공부했고, 열정적으로 학생운동을 했다.

잠시 제약회사에 들어가기도 했지만, 들어가자마자

노조를 결성하여 거하게 투쟁하고 용산구 서빙고 어디쯤인가에 잡혀가서 고문을 당하였다. 고문의 목적은 간단하였다. 노조를 탈퇴하고 직장에서 나가라는 것이다.

난 굴하지 않았다.

그러자 그들은 나를 차 트렁크에 넣어 어디론가 데려가, 거기서도 협박을 하였다. 살해 위협이나 마찬가지였다.

나는 이번에도 굴하지 않았다.

그러자 이들은 시골 부모님께 찾아가, 당시 대기업에 다니던 매형을 해고하겠다고 협박하였다. 부모님은 펄쩍 뛰셨고, 난 결국 노조를 탈퇴하고 직장을 그만둘 수밖에 없었다.

이런 활동 덕분에 블랙리스트에 올라, 취직길이 막혀버린 것이다. 그때는 그런 시절이었다.

당시 아버지는 취직이 안되는 장남을 걱정하여, 돈을 우겨 박아 사립학교 교사로 나를 넣어주셨다. 하지만 학생시절부터 투쟁의 선봉에 서던 나는, 거기서 재단 이사장의 비리를 발견하고 열정적으로 투쟁하였다.

투쟁에 투쟁을 거듭하면 언젠가는 대규모 전투를 치르게 되어 있다.

결전의 그날은 스승의 날이었다. 당시 내가 근무하던 학교의 스승의 날은 한 마디로 꼴불견이었다. 교탁마다 선물이 쌓이고, 학부모들이 와서 교사들에게 당연한 듯 촌지를 건네고 갔다. 교사들 일부는 누가 얼마나 더 받았나를 경쟁하기도 하였다. 그 촌지 중 상당액은 윗선에 다시 상납하였다. 상납을 잘하면, 다음 해에 좋은 반이나 보직을 맡을 수 있었다. 사정이 이러하니, 내가 투쟁할만하지 않은가.

게다가 그 학교에서, 스승의 날이란 교사들이 '노는' 날이었다. 아니지, '즐기는' 날이었다. 학부모들에게 돈을 걷어, 일부 학부모들과 함께 교사들은 관광버스를 타고 놀러갔다.

명색이 스승의 날인데, 교사답게 우아한 곳에서 먹고 담소나 나누었으면 좋았을텐데, 교사들은 단체로 나이트에 가서 먹고 마셨다. 그리고 아니나 다를까, 거기서 나는 못볼 것을 보았다. 블루스 타임에 교장과 학부모가 그러안고 춤을 추고 있었던 것이다. 나는 바로 가서 따졌다.

"아니, 교장 선생님이 학부모님과 그렇게 춤을 추셔도 됩니까? 교육자로서 그러면 안 되는 거 아닙니까?"

오늘따라 활짝 피어난 얼굴로 블루스타임 내내 미묘한 표정을 짓던 교장의 얼굴이, 은박지 구겨지듯 구겨졌다. 그는 그 못생긴 얼굴에, 혐오하는 표정을 지어 보이며 나를 노려보았다.

나는 굴하지 않고 꿋꿋하게 맞서며 계속 따졌다. 내가 말이 많아질수록 그 못생기고 작은 눈이 더 작아졌다. 교장은 자신의 체육선생을 불렀다.

"저 새끼 처리해."

이게 교장과 교사 사이의 대화라는 걸 믿을 수 있겠는가. 거구의 체육교사는 성큼성큼 나에게 다가왔다. 그러나 독자 여러분은 내가 이야기했던 내용을 기억하는지 모르겠다. 자세히 말하지는 않았지만, 내가 고등학교 때 부모와 떨어져 성장하는 허전함을 달래기 위해 무술로 몸을 단련하였다는 이야기를. 그리고 대학 다닐 때에도 지적인 활동 보다는 돌 던지고 뛰고, 피켓을 들고 팔운동하는 등의 육체 활동(?)을 압도적으로 더 많이 하였다는 이야기를.

　나는 체육교사와 싸워 이겼다. 간단하게 승리하였다. 다 좋은데 아쉬운 점은 학부모도 있고, 다른 교사들도 있는데 교사들끼리 백병전하듯 싸워댄 것이지만, 어쩌랴, 난 방어를 했을뿐인데. 더욱 아쉬운 점은 여기서 딱 끝냈으면 좋았을 텐데 끓어오르는 열정을 이기지 못해 그 자리에서 최종 보스 잡듯 이사장의 멱살을 잡고 메어치기를 하였다는 것이다.

　이 사건을 계기로 나는 학교를 조용히 나와야 했다. 만인이 보는 앞에서 벌어진 폭력 사태에도 고발당하지 않은 이유는, 이사장이나 나나 서로 캥기는 것이 있기 때문이었다. 결국 이사장은 내 폭력을 눈감아 주고, 나는 재단 비리를 눈감는 정도로 합의를 보고 아버지가 거액을 들여 넣어주신 직장을 때려 치웠다.

　그리고서 다시 아버지께 손을 벌려 나는 사업을 시작한 것이다. 다행히도 사업은 순탄하였다. PC도 없고, 휴대전화도 없던 시기에 완구 사업은 꽤 짭짤하였다.

　주식에 손대기 전까지는 그랬다.

　민망한 이야기는 접고, 이제 슬슬 주식 이야기로 돌아

와도 될 것 같다.

잃어버린 만큼만

그래, 젠장할 주식 이야기를 이제는 풀어야 겠다.

주식에 손을 대고 항상 승승장구하는 사람은 지극히 드물다. 아주 적은 사람을 위해 다수가 손해 보는 게 주식이라고 말하는 사람도 있을 정도다. 하여튼, 그렇게 잘나가던 나도 결국엔 손해를 보았다. 갈수록 과감하게 베팅한 결과이기도 했다. 주식은 도박이다. 도박에서 과감함은 곧 무리함이다.

처음에는 가진 돈의 30%를 한방에 잃었다. 당시 시세로, 강남의 작은 아파트 10채를 잃어버린 것이다. 당시 아파트 가격을 넉넉하게 잡아도 5채는 잃었다.

거기서 멈추었어야 했다. 강남 아파트 10채, 20채 값을 가지고 있으면, 거기서 멈추어도 되지 않나. 그래도 부자이지 않나. 하지만 도박으로 망하는 사람들이 이렇게 이성적으로 생각하는 것 보았는가. 자기가 잃어버린 돈을 되찾기에 급급하지.

나는 잃어버린 돈을 회수하고, 돈을 더 모아서 63빌딩을 사기 위해 남은 돈을 다 썼다. 돈은 벌 때보다 훨씬 더 빠른 속력으로 사라졌다. 전재산이 순식간에 날아갔다. 몸무게가 급격히 줄어들고, 남들이 보기에 한 눈에도 환자로 보일만큼 나는 초췌해져 갔다. 하지만 주식을 놓을 수가 없었다.

멀쩡한 사람이 이렇게 돌아버리는 것이 단지 심리적인 문제일까 아니면 악령이 관여하는 것일까 나는 그것이 가끔 궁금하다.

나의 경우엔 분명히 악령이었다. 멈출 수가 없었다. 여기저기에 손을 벌렸다. 부모님께 말씀 드려 자금을 얻고, 금방 다 날려 버렸다. 장모님을 속여 돈을 받아 주식으로 한방에 날려버렸다. 벌 때는 쭉쭉 잘 올라가던 그래프가 잃을 때는 푸르게 나락으로 떨어지기만 했다. 결국 친구들에게도 돈을 빌렸다. 갚을 방법은 역시 주식으로 성공하는 것 뿐이라고 생각했다. 이것도 금방 날렸다. 대출을 받아서 주식을 했다. 당일 다 날렸다.

체면이고 뭐고 여기저기 손을 벌렸다. 그 역시 사흘도 못 가 주식에 다 쏟아붓고, 결국 한푼도 남지 않았다.

대출을 한도까지 다 받았다. 10억 원의 빚을 내어 주식을 했고, 거대한 벌레가 야금야금 와삭와삭 내 돈을 씹어 먹듯이, 손가락 사이로 물이 흘러나가듯이 돈은 사라졌다.

미칠 지경이었다. 나중에는 주식 현황판을 들여다보는 것 자체가 내 유일한 위안이 되었다. 만 원이건 이만 원이건 가진 돈이 얼마건 간에 다 때려 넣어서 주식을 하고 있어야 했다. 그 와중에 나는 어떻게든 잃은 돈을 다시 만들 수 있다는 환상에 젖어 있었다. 예전처럼 강남에 저택을 사고, 외제차를 몰고, 친구들에게 술을 사며 으스대는 것이 내 삶이어야 했다. 그러나 사업도 애진작에 때려 치운 나는 돈이 나올 구석이 없었다. 더 이상 돈을 빌려주는 사람도 없었다. 돈이 있어야 주식을 하는데, 미칠 지경이었다.

'돈을 어디서 만든다?'

일도 하지 않고, 돈을 빌릴 곳도 없던 나는 서울역 화장실에서 길을 찾았다.

당시 화장실에는 '장기매매'라 적힌 스티커가 여기저기 붙어 있었다. 그것을 본 나는 하늘의 계시라도 받은 듯 눈이 번쩍 뜨였다.

'매매? 그럼 돈을 받을 수 있겠네?'

반쯤 미쳐버린 나는 그 스티커를 보고 전화를 걸었다. 거기서 희소식을 들었다. 신장 하나에 5천만 원이나 준다는 것이다.

'신장 하나쯤이야, 뭐. 두 개 중 하나만 있어도 되는 거 아닌가.'

기다릴 거 뭐 있는가. 바로 매매상을 만났다.

나같이 어리숙한 미친놈을 만나 횡재한 장기 매매 사기꾼은, 한국에서는 장기 매매가 불법이니 중국에 가서 수술을 해야 한다는 개소리를 주저 없이 지껄였다.

그런 헛소리를 하는 동안 사기꾼 양아치는 당황하지도 않고 대단히 편안해 보였다. 왜냐면 내가 그 개소리를 죄다 믿고 얼굴이 환해졌기 때문이다.

'일단 5천만 원을 받아서, 상한가 몇 번 쳐서 다시 목돈을 만들자. 그리고 다시 63빌딩에 도전해야지! 그리고 명절에 돈다발을 들고, 외제차를 타고 고향에 가야

지. 금의환향의 진수를 보여주는 거다. 그까짓 신장 한 개 쯤이야. 하하하!'

　나는 그 녀석들이 소개해주는 배를 탔다. 당연히 밀항이었다. 만약 그대로 그 배를 타고 중국에 갔으면 내 신체는 인수분해가 되어 사라졌을 것이다. 마취는 무슨 마취겠냐, 산채로 묶여서 그렇게 되거나 도착하자마자 일찌감치 죽어서 그렇게 되었겠지. 그리고 한국에서 나는 알 수 없는 실종자가 되었겠지.

　그러나 내가 전에도 말했지 않나, 난 죽을 수 없는 몸이라고. 악령들이 내 죽음을 방해한다고.

　신장 한 개로 63빌딩을 사겠다는 환상에 기분이 좋아진 나는 그 흉악한 놈들과 시시덕거리며 내가 잘되면 너 더 좋은 배 사줄게, 이런 되도 않은 소리를 떠들어대고 있었다.

　그러다 어디선가 사이렌 소리와 경고음이 들렸다. 어두운 밤에 강력하고 밝은 빛이 작은 배에 탄 우리의 시야를 날카롭게 찔렀다. 그건 실제로는 내 생명을 구원한 빛이었으나 당시 나는 그 빛을 쥐구멍 속의 쥐를 잡는 고양이의 눈빛처럼 느꼈다.

곧이어 확성기 소리와 경고 사격 소리가 들렸다. 배 안이 온통 난리였다.

나는 한동안 이게 무슨 일인가 했다. 중독에 빠진 사람은 판단력이 흐려진다. 딱봐도 잡힌 것인데 63빌딩과 한국 최상류층의 환상에 빠진 나는, 오로지 5천만 원만 생각하느라 한동안 상황 판단을 하지 못했다.

하지만 곧 내가 탄 배가 완전히 멈추었고, 63빌딩을 향한 나의 소망이 무색하게 나를 중국에 실어 나르던 그 경험 많은(?) 일당은 일망타진되었다.

굴비굴비 묶여 끌려가는 양아치들 사이에 나도 끼어서 같이 구치소로 끌려 갔다. 구치소로 가면서 내가 생각한 것은 하나였다.

'일이 꼬였어. 그럼 5천만 원은 어디서 받냐. 재수 없네.'

경찰은 한놈 한놈 조서를 쓰고는 영창에 집어넣었다. 희소식을 전해줄 때는 그렇게 의젓해 보이고 영특해 보이던 인간들이, 밀항하는 배에서는 그렇게 다정하고 재미나던 인간들이 ─ 물론, 그때 나를 죽일 수도 있는 인

43

간들이었지만 – 여기서 보니 비굴하고 멍청하고 어이
가 없는 족속들이었다. 저런 양아치들과 함께 잡힌 내
자신이 한심하기 그지 없었다.

이 생각은 경찰도 마찬가지였나 보다.

내 차례가 되자, 경찰은 나를 아래위로 슥 보았다. 그
래, 너 신장 팔러 중국까지 간다는 자식, 어떤 자식이길
래 이렇게 멍청한가라고 입으로 말하지 않아도 눈으로
충분히 의사를 전달했다. 그 시선을 견디기 어려워 나
는 먼저 말을 했다.

"김출중입니다."

경찰은 황당한 표정으로 되물었다.

"뭐가요?"

"제 이름이요."

경찰관은 손을 까닥거리다가 작게 한숨을 쉬었다. 이
렇게 한심한 놈이 있나,를 말로 하지 않고 온갖 표정으
로 다 말해주었다.

"왜 그 배에 계셨어요?"

"신장 하나 팔려고요."

"신장 하나 파는 데 왜 중국까지 간다고 생각하셨어

요?”

“우리나라에서는 장기 매매가 불법이라고 해서요.”

“그러면 배는 왜 타셨어요? 우리나라에서는 밀항도 불법이잖아요?”

듣고 보니 그랬다.

내가 어안이 벙벙해서 말을 못하고 있으니, 경찰관은 다시 한숨을 쉬면서 말을 이었다.

“선생님, 그 배 타고 중국 가셨으면 산채로 신장 두 개 다 떼고, 각막 떼고, 쓸만한 장기 다 떼고 살아 돌아오시지 못했을 겁니다.”

그래, 당연히 사기다. 너무도 당연하지 않은가. 그런데 돈 5천만 원에 눈이 뒤집혀서 나는 그 당연한 것을 간파하지 못하고 있었던 것이다.

다른 놈들은 아마도 형무소로 갔을테고, 악령의 비호를 받는 나는 다음날 조용히 집으로 돌아올 수 있었다. 나는 경찰서 문을 나오면서 중얼거렸다.

‘더럽게 재수 없네.’

장기 매매 사기가 재수 없다는 뜻이 아니라, 해경에게 걸려서 5천만 원을 못 받아, 63빌딩을 사지 못해 재수 없다는 뜻이었다.

그래, 중독자는 반쯤 미친 사람들이다. 중독에 관해서는 정상적인 판별력을 잃어버리는 것이다. 그렇게 자신의 인생을 망쳐간다.

그러나 인생은 항상 나쁘지도, 항상 좋지도 않다. 이토록 정신 못 차리는 인간에게, 드디어 찾아오고 있었다. 이후 인생의 최악인지 최고 깨달음인지 헷갈리는, 바로 내 자신을 진지하게 되돌아 보는 순간이 말이다.

오른다 점점

내가 중간에라도 정신을 차렸으면, 아마 나는 그 많은 재산을 다 잃지는 않았을 것이다. 하지만 중독을 완전히 끊기 전까지 '제정신'은 불가능하다. 중독자들은 이상하게도 이걸 하지 않으면 안될 것 같고, 내 인생에서 이것만 남은 듯한 느낌이 든다. 나역시 그랬다. 내내 한가지 생각으로 주식에 몰두했다.

'한방만 올리면 복구한다. 돈 모아서 한방 올려야지.'

물론, 나도 가족들이 무엇을 원하는지, 내가 무엇을 해야하는지는 알고 있었다. 적당히 돈을 벌어오는 성실한 가장이었다. 애초에 아내는 '그렇게 많은 돈은 필요 없다'라면서 주식을 하는 것에 반대했었다. 아내는 뭐든 과도한 것은 부담스러워했다. 적당히 벌어서 가족끼리 화목하게 살면 되는 사람이었다.

그러나 내가 주식에 반쯤 미쳐버리자, 아내는 이혼을 요구했었다. 아내를 달래기 위해 나는 겉으로는 정신을 차린 척을 했다. 취직을 하고, 주식을 끊는 척을 했다.

그리고 이제 정신 차리겠노라며 아내에게 혈서를 써서 주었다. 그렇게 아내를 안심 시키고는 뒤에선 몰래 주식을 했다.

꼬리가 길면 밟히는 법이고, 같은 집에서 중독을 숨기기란 어려운 일이다. 나는 몰래 주식을 하다가도 허술하게도 들켜버리곤 했다. 그러면 다시 혈서를 써서 맹세하기를 일곱 번을 했다.

"진짜, 다시는 주식 안해. 정말이야. 이렇게 피로 써서 맹세한다."

"지난번엔 흔들렸지만, 이번엔 진짜야, 이제는 진짜 주식 안해."

"내가 사람인데 다섯 번이나 주식을 걸리고 또 하겠냐. 남자의 자존심이 있지."

"일곱번째야. 제발, 일곱 번째가 마지막이야. 다시 일곱 번째이자 마지막 혈서를 쓴다! 용서해줘!"

아내는 매번 속아주었다. 진짜로 속은 것인지, 아니면 이혼하기가 싫었는지 나는 모른다. 어쨌든 아내는 내 혈서를 받을 때마다 나를 용서해 주었다.

다른 가족들의 반대와 걱정도 어마어마했다. 나는 주변을 적당히 속여, 내가 정신차렸다고 믿게 해야 했다. 다시는 주식을 하지 않고 착실하게 돈버는 가장의 모습을 보여주어야 했다. 하지만 나는 취직도 안 되는 사람이고, 장사하다가 주식으로 성공한 사람이었다. 다시 말해, 취직할만한 기술도 없었다.

나는 직업을 얻기 위해 학습지 회사를 찾아가서 교사를 하고 싶다고 말했다. 30대 후반, 남자에게 유리한 직업은 아니었다. 하지만 거기서 나를 이해해주는 팀장을 만났고, 주부이자 열정적인 교사였던 동료교사들의 응원을 받아가며 열심히 일했다.

난 신이 나면 열심히 일하는 사람이다. 진짜 열심히 일했다. 얼마 후 나는 전국 1위 교사가 되어 월 1천만 원

정도를 벌었다. 당시로서는 상당한 수입이었다. 하지만 나는, 내 신세가 처량하다고 생각하였다.

'고작 학습지 교사라니, 고작 월 1천 이라니!'

주식이 망하기 전에는, 나는 당시 신축이었던 타워 팰리스에 입주하려고 마음 먹었었다. 당시 내 기준에서, 그 정도는 '최소한'이었다. 외제차 타고, 강남 저택에 살아야 하는 내가, 고작 월 1천만 원을 버는 학습지 교사라니, 말이 되지 않았다.

이 글을 읽는 당신은 지금쯤 나를 욕하고 있을 것이다. 기다려라. 곧 나를 시원하게 응징해 줄 사람이 나타나니 말이다.

그날은 비오는 날이었다. 비만 오면 나는 급하게 우울해 졌다. 그렇지 않아도 비가 오는데, 빌라 계단을 걸어 올라가 학습지 교사 노릇을 하러 가는 나 자신이 갑자기 처량하고 쓸모없게 느껴졌다. 화가 났다. 알겠지만, 중독자는 충동에 약하다. 화가 나면 그 자리에서 풀어야 한다. 나는 학습지 교재를 다 집어 던지고, 젖은 구두발로 짓밟았다. 그리곤 팀장에게 연락도 하지 않고 바로 포장마차로 술을 마시러 갔다.

소주 한 병을 시켰다. 한번에 들이키듯 빠르게 마셨다. 술이 목구멍으로 들어가니 용기가 차올랐다.

'딱 한 번만 하자.'

마지막 술잔을 비우고, 나는 은행으로 달려갔다. 아내 몰래 모아둔 500만 원으로 바로 주식 계좌를 만들었다. 목돈을 모아서 주식으로 한방에 거액을 만들려고 했지만 더 기다릴 수가 없었다.

'이거다, 이제 다시 예전과 같은 삶으로 돌아가는 것이다.'

룰루랄라 집으로 돌아와서 컴퓨터를 켜고, 나는 새로 만들어진 계좌를 들여다 보았다. 흐뭇했다. 몰래 모은 돈을 한방에 다 밀어 넣었다.

난 수십억을 투자해 본 사람이었다. 경험에서 오는 감이 있었다.

'이번엔 된다. 안될 수 없는 종목이야.'

슬슬 오른다. 감이 좋다. 그러나 이럴 때일수록 섣불리 움직여서는 안된다. 결정적인 순간에 팔아야 한다.

나는 잠시 주방으로 가서 물을 마시고 쇼파에 앉아 담배를 피웠다.

요즘은 아이들을 키우는 집안에서 담배 피우는 사람이 거의 없을 것이다. 하지만 당시는 집안에서 담배를 피우는 가부장적인 가장들이 꽤 많았다. 나도 그런 사람 중 하나였다.

한 대를 다 태우고 나는 가뿐한 마음으로 컴퓨터 방으로 갔다. 역시, 슬슬 오르고 있었다.

'잡았다!'

오늘 이걸로 일단 3천만 원을 만들어야겠다. 그래, 처음에 주식을 시작할 때 3천만 원을 벌었다가, 그게 금세 30억이 되지 않았던가. 30억은 300억이 될 것이다. 300억부터는 말못하게 늘어날 것이다.

나는 심호흡을 하고 기지개를 켰다.

그런데, 하필이면 그때, 아내가 나를 불렀다. 강의 갔다가 돌아온 모양이다.

"여보! 어디에 있어요?"

"어, 나 수업 준비 중이야. 잠깐만."

아내에게 잠깐만 기다리라고 하면, 내가 집에 있는 줄 알고 저녁 준비나 하겠지. 그럼 나는 마음 편안히 계속 차트를 보면 되는 것이다. 그리고 적기에 팔아버리면 완전 범죄다. 나중에 30억쯤 만들고 나서 아내에게 보여 주어야지. 그러면 아내도 그때부터는 주식에 반대하지 않겠지.

아니지. 아내는 너무 많은 돈은 필요하지 않다고 했던가? 에라, 무슨 상관이냐. 벌면 됐지.

'오른다. 점점 오른다.'

현황판 그래프는 내내 빨간색으로 시시각각 오르고 있었다. 곧 파장이다. 곧 하락세가 시작될 것이다.

'장이 파하기 전에, 떨어지기 전에 팔아야 해.'

뒤를 돌아보면

나는 심호흡을 하고, 팔 준비를 마쳤다. 그런데, 순간 방안 공기가 싸했다.

나는 뒤를 돌아보았다.

그곳엔 아내가 서 있었다.

"당신, 뭐해?"

보면 모르냐. 주식하지.

아내에게 대꾸할 말을 찾으면서도 나는 마우스를 클릭하여 팔기를 누르고 싶었다. 하지만 아내는 마우스고 키보드고 다 낚아채서 집어 던져버렸다.

"나가! 당장 집에서 나가!"

"아니, 여보, 잠시만! 그것만 팔면 되! 믿어줘."

"내가 얼마나 더 믿어야해? 약속 지킨 적 있어? 당장 나가!"

할 말이 없었다.

아내에게 잘못한 것은 처가댁 돈을 끌어다 쓴 것만이 아니었다. 나는 아내를 여러번 속였다. 아내에겐 잊지 못할 상처를 여러 번 주었다.

내가 가장의 노릇이고 자식의 노릇이고 다 팽개치고 반쯤 미쳐서 내 마음대로 살 때, 아내는 가정을 지키고 자기 자리를 지켰다. 아내가 돈을 벌러 다니고, 일가 친척에서 손을 벌릴 때 나는 '한방 올리면 된다'는 생각으로 모든 것을 모른 체 하였다.

그와중에 아내가 오카리나 연주로 위안 삼을 때 나는 도리어 화를 냈다. 내가 이렇게 힘든데 너는 악기나 연주하냐고.

아내가 내 부속품도 아닌데 아내에겐 나를 위해 행동할 것을 요구하고, 나는 아내를 위해 아무것도 하지 않았다. 그동안 나는 아내의 인내를 당연한 것으로 여기고 내 마음대로 살았다.

그런데, 내 착한 아내가 지금 화가 나서 숨이 넘어가려고 한다.

아내를 잃을 수는 없다.

나는 순순히 집에서 쫓겨났다. 아내를 진정시키고 싶은 마음도 컸다.

'이제 어디로 가야 하나. 주식도 마감되었을텐데 말이야.'

뙤약볕이 내리쬐는 여름이 지나고 가을로 접어들 때였다. 날씨는 슬슬 추워지고 있었다. 이 추위에도 어디엔가 들어가서 주식을 팔아야 겠다는 생각을 하고 있었다. 그러나 집 없는 사람이 무엇을 하려면 무조건 돈이 든다. 잠을 자려고 해도, 물을 마시려고 해도, 컴퓨터를 잠시 쓰려고 해도 무조건 돈이 든다.

'그나저나 밖에서 지내려면 돈이 필요할텐데, 내일부터 무엇을 해야하지?'

학습지 교사로 돌아가고 싶지도 않았다.

일단 학습지 교사일 자체가 싫었고, 집에서 쫓겨나 거처할 만한 곳도 없는데 수업 다니기도 싫었고, 비오는 날 교재를 찢어발기고 때려 치운 직장인데 다시 돌아가고 싶지도 않았다.

본가로 돌아가기는 어려웠다. 워낙 먼 시골인데다가, 얼마 전에 어머니가 돌아가셨다. 가장 사랑하는 장남이 주식으로 망해가는 것을 안타까워하시다가 지병을 얻어 돌아가셨다. 고칠 수 없는 병이었다. 그 와중에도 나는 주식으로 한방만 올리면 어머니를 살릴 수 있다는 망상에 빠져 있었다. 한방은 오지 않았고 어머니도 살릴 수 없었다.

본가로 가기도 싫었다.

'아내가 언제쯤 나를 용서해 주려나. 지금까지 계속 용서해 주었는데, 뭐. 아내는 날 사랑하니까 또 용서해 주겠지. 그때까지 돈을 아껴 써야겠다.'

집으로 들어갈 수만 있으면 된다. 본가에서 아버지가 매달 보내주는 생활비가 있으니 당분간 굶지는 않을 것이다.

나는 치킨집으로 가서 맥주에 튀긴 닭을 곁들여 먹었다. 간혹 집에 전화를 걸어 보았으나, 받지 않았다.

밤이 되고 어두워지니, 슬슬 드러누워 잠을 자고 싶었다. 나는 다시 내 아파트로 돌아가 보았다. 현관문이 잠겨 있고, 비밀번호가 바뀌어 있었다.

'진짜 날 버리는 건가?'

솔직히 말하면, 버릴만하다는 생각도 좀 들었다. 그

래, 나같아도 버리겠다. 나같은 놈.

나는 그대로 걸어나가 찜질방으로 들어갔다. 하지만 가슴 한 켠에선 여전히 아내가 나를 용서해 줄 것이라는 확신이 있었다.

그러나 며칠이 지나도 아내는 전화를 받지 않았다.

그 며칠 간 나는 낮에는 놀고 저녁에는 맥주를 마시고 밤에는 찜질방에서 자는 생활을 계속했다. 그러다 보니 급하게 들고나온 얼마되지 않는 돈이 거의 다 떨어져 갔다. 모아두었던 돈은 PC방에서 주식으로 깨끗하게 날렸다. 그렇게 며칠을 보내고, 지갑을 열어보니 달랑 만 원이 남아 있었다.

'배고픈데, 밥을 사먹으면 이거 내일 잠을 잘 곳이 없겠네?'

노숙보다는 지붕 아래서 물 마시고 화장실이라도 편하게 가면서 조금 굶주리는 게 낫지 않은가. 난 주머니에 남은 돈으로 밥을 사먹지 않고, 그냥 하루 더 찜질방에서 자기로 했다.

그때, 아내에게서 전화가 왔다.

"당신, 집으로 오세요."

나는 또 용서 받았다. 우리 착한 아내. 나는 또 용서 받고 기분 좋게 집에서 잠들고, 다시 돈을 모아 주식으로 크게 벌어서 모든 것을 다 회복해야지.

　나는 남은 돈으로 밥을 사먹고 집으로 달려갔다.

　집으로 가니 아내는 집 안으로 들어오지 말고 놀이터에서 기다리라고 했다.

　'뭔가 경고하고 충고하겠지. 그러고나서 다시 집으로 가자고 하겠지.'

　나는 알았다고 대답하고, 말 잘듣는 모범생처럼 아내를 따라 놀이터로 갔다.

　그러나, 거기서 아내는 나를 빤히 보았다. 한참을 그렇게 나를 보던 아내는 바락바락 소리를 질러 그간 쌓인 것을 풀어내었다.

　하도 소리를 질러대어 온 아파트단지 사람들이 다 들을까봐 걱정이 되었다. 하지만 참았다.

　'그래, 많이 쌓였겠지. 실컷 쏟아내고 나를 용서해 주겠지.'

　한참을 나를 맹비난한 아내는 갑자기 내 뒤통수를 몇 대나 후려 갈겼다.

퍽

퍽

퍽

하도 쎄게 후려 갈겨서 조심스레 고정해 두었던 내 가발이 다 날아가버렸다. 비싼 돈을 주고 티 안나게 잘 만든 맞춤 가발이었다. 찜질방에서도 벗지 않고 착용하고 있었던 소중한 가발이었다. 그게 날아가 버렸다.

동시에 누군가 비명 지르는 소리가 들렸다.

뒤를 돌아보니 동네 아낙들이 우리 말소리에 귀를 쫑긋 세우고 엿듣고 있었다. 아니, 엿듣는다기보다는 숫제 모여들어 구경하고 있었다.

저렇게 모여들어 우리가 싸우는 것을 구경하다가, 갑자기 가발이 날아가니 내 모가지라도 날아가는 줄 알고 놀라서 비명을 질렀나보다.

나는 창피하고 화가 났다.

"에이 씨! 대체 무슨 짓이야?"

"그냥 나가! 다시는 집에 오지 마!"

아내는 나를 받아주는 게 아니라 쫓아낼 심산이었다. 그런데 대체 왜 다시 오라고 했을까.

나는 분해서 소리를 질렀다.

"이럴 거면 왜 오라고 했어?"

아내는 북받쳐서 떨면서 말했다.

"이렇게라도 하지 않으면, 내가 억울해서 못 살 것 같다! 이제 가! 가버려!"

나는 포효했다. 아니지. 포효라는 말은 어울리지 않겠지. 꽥꽥 소리를 질렀다. 그리고 내 머리에서 떨어져 나온 가발을 짓이기듯이 밟아버렸다. 성질이 나서 참을 수가 없었다. 부모님도 손대지 않은 귀한 아들을, 남자를 때리다니!

놀이터 한쪽에서는 아이들을 데리고 나온, 같은 아파트 단지 아낙들이 우리가 싸우는 소리를 듣고 있었다. 그중엔 낯익은 얼굴도 있었다.

수치스러웠지만 그게 문제가 아니었다.

나는 가족에게 완전히 버림 받았다. 갈곳이 없었다.

나는 미련 없이 뒤돌아섰다.

뒤돌아서서 아파트 단지를 나왔다.

그대로 계속 걸었다. 목적지도 없었다.

갈 곳이 없었다.

그렇게 몇날 며칠을 걸어서 수원역에 도착했다.

이곳에서 나는 드디어 인생의 전환점을 발견하게 되었다.

노숙자 신참의 생활

아내에게 버림받고 나는 정신없이 걸었다.

일주일을 걸었다.

음식을 먹지도 않았다. 가끔 물만 마셨다. 내가 생각해도 미친놈 같았다. 무엇에 홀린 듯이 그렇게 걸었다. 어디로 가야 하는지도 모르고 그냥 걸었다. 악령이 시키는 대로 이끌려 걸었다는 편이 옳을 것이다. 그래, 그녀석은 애초에 내가 거지꼴이 되어 미쳐버리는 것이 목적이었을 것이다.

그렇게 걷다 보니 수원역이었다. 거기에는 노숙자들이 자리를 펴고 누워있었다.

지칠 대로 지쳐버린 나는 구석에 자리를 잡고 드러누워 버렸다.

일주일의 피로가 한 번에 몰려왔다.

나는 정신을 잃은 것인지 잠든 것인지 알 수 없이 까무룩 하게 잠이 들었다.

새벽녘에, 누가 나를 발로 툭툭 차는 느낌도 들고, 저 멀리서 거친 말소리가 들려왔다.

"죽은 새끼 아니야?"

"재수 없게 오자마자 자빠져 죽어?"

"뭐 있나 뒤져봐."

"아까 망새가 다 털었어. 아무것도 없어. 거지 새끼."

나는 눈을 떴다. 온몸에 격렬한 통증이 전기처럼 지나 갔다. 끙, 소리를 내며 몸을 움직였다. 일어날 수가 없 었다.

"움직이네, 빌어먹을 놈."

나보고 하는 말이구나.

일주일간 나에게 말을 걸어주는 사람이 아무도 없었 는데, 여기서 처음으로 내게 빌어먹을 놈이라고 말을 걸어주었다. 그조차 반가울 지경이었다.

나는 눈을 떴다.

"야, 신참! 저쪽 앞자리로 가라! 건방지게 신참이 고참 자리에 뻗어?"

발길질이 거세졌다.

나는 채 몸을 일으키기도 전에 여러 사람의 발길에 떠밀리듯이 자리를 조금 이동했다.

나는 부스스 몸을 일으켜 주변을 둘러보았다. 드문드문 띄엄띄엄 노숙인들이 모여있는 곳에 내가 드러누워 있었다. 새벽녘이라 춥기도 몹시 추웠다. 뼛속까지 밀려드는 추위는 고통 그 자체였다.

가만 보니 가장 안쪽 자리에 앉은 녀석들은 소주를 들이켜고 있었다. 그 녀석들이 앉은 모양새를 보니, 종이상자도 아주 각잡고 접어놓은 것이, 저기가 바로 상좌구나 싶었다.

그랬다. 노숙 생활을 하면서 알게 된 것은, 노숙자들에게도 서열이 있다는 점이다. 상좌에 앉은 '형님'들은 이 새벽 추위를 이길 수 있게 구석 자리에 앉아 소주를 마실 수 있었던 것이다. 나같은 신참들은 가급적 바깥쪽에 앉아 찬바람을 다 맞아야 했다.

'저거 한 모금만 마셨으면 좋겠다. 그럼 이 추위가 가실 텐데.'

나는 며칠간 눈치를 보며 수원역에서 지냈다.

며칠 노숙을 하니, 옷차림이나 외모가 주변 노숙자들과 비슷비슷해져 버렸다. 혹시라도 가족들이 이곳까 와서 나를 찾지 못할까 걱정스러울 지경이었다.

정신 상태도 점점 더 망가져서 짐승이 되어갔다. 단지 먹고, 배 채우고 추위만 피하면 되는 상태가 되어갔다.

노숙자에게 왜 일하지 않느냐고 묻는 것은 무의미하다. 일할 정도의 건강한 정신이 아니다. 지붕 아래서 살지 않으면, 사람이 아예 망가져 버린다.

이런 망가진 사람들의 조직에도 서열은 철저했다. 신참들은 구걸을 해서 소주와 간단한 먹거리를 왕초에게 상납을 했다. 서열이 높을수록 소주를 마음 편하게 먹을 수 있었다.

소주는 노숙 생활의 필수품이었다. 이게 아니면 새벽의 추위를 이길 수가 없었다.

그렇게 상황을 파악하고 며칠이 지나자, 나는 서열이 낮아 겪는 불편이 싫었다. 춥고, 소주를 더 먹고 싶고, 구걸하기 싫었고, 건들먹거리는 서열 높은 자들이 꼬까웠다.

"신참! 구걸할 때 가만히 있으면 어떡해? 죽는 소리를 해야지. 한 푼만 줍쇼, 줍쇼 그래! 최대한 불쌍하게 보이라고. 안 그러면 나에게 죽을 줄 알아."

알코올 중독에 머리를 다쳐 발음도 잘 안 되는 주제에 협박질이다.

"어! 신참! 저기 박스 좀 주워와라."

귀찮았다. 그리고 자존심이 상했다. 나는 그들을 꺾어보겠다고 결심했다.

어느 밤, 나는 서열 1위에게로 직행했다. 가는 길은 순탄치 않았다. 예전 교장과 나이트 클럽에서 한판승을 할때처럼, 중간 보스격인 너덜한 녀석이 막아섰다. 아니지, 중간 보스라니, 어울리지 않는 말이다. 좀비를 쓰러트리면 이런 느낌일까. 밀치면 푹푹 쓰러졌다. 간신히 다시 일어나도 발로 차버리면 끝이었다.

나는 어릴 때부터 잘먹고 잘자란 녀석이다. 고등학교 때부터 유도와 태권도를 배웠다. 학교에서 근무할 때도 교장의 호위무사 노릇을 하던 체육선생을 쉽게 이겼다. 그런 내가, 정신이고 육체고 다 망가진 노숙자들을 이기기 어렵겠는가. 덕분에 왕초자리까지 가는 것은 어렵지 않았다.

2인자는 처음에는 조금 질겼다. 주먹도 매서운 편이었다. 다른 녀석들이 아무리 물주먹이라고 해도, 난 여러 대 맞은 상태였다. 입술이 터져 피가 흘렀으나 지금 그게 문제가 아니었다. 잘못하면 죽기 전까지 맞을 수도 있었다. 나는 며칠 제대로 못먹은 몸으로도 인정사정 볼 것 없이 마구 갈겼다.

다행히도 2인자는 맞는 것을 지독히도 싫어하는 녀석이었다. 쥐어 박으니 금세 꼬꾸라져서 죽는 소리를 냈다. 맞기 싫은 것이다. 어차피 왕초가 무너져도 자기는 3인자다. 2인자나 3인자나 크게 다를 것이 없다. 녀석은 정신을 잃지 않았으면서도 일어나지 않았다.

다음 왕초.

이 녀석은 제법 여유있게 걸어나왔다. 내가 다른 녀석들을 쓰러트리느라 지쳤을 거라 생각했나보다. 여태 그런식으로 저 자리를 지켜왔겠지. 하지만 중간 보스들이 모두 픽픽 쓰러질 줄은 몰랐을 거다. 하지만 오늘로 끝났다. 무료 급식소에 가서 하루 한끼 먹고, 매일 소주만 먹고 추위에 떨며 가만히 앉아서만 지내는 사람들이 잘 싸우면 얼마나 잘 싸우겠냐.

 그래도 왕초는 제법 질겼다. 처음엔 그야말로 피튀기 게 싸웠다. 하지만 오래가진 않았다. 독한 것으로 나를 따라오지 못했다.

 나는 그날로 왕초를 꺾고 1인자가 되었다.

 솔직히 말하면, 다들 병자들이고 망가진 사람들이기 때문에 아직 노숙 초기라 덜 망가진 내가 수월하게 이 길 수 있었을 것이다. 하여튼 다 이기고 나는 왕초 자리 에 앉았다. 나 자신이 자랑스러웠다.

 남은 순서는 남들이 챙겨주는 것을 잘 받아 먹는 것뿐 이다. 알아서들 기었다. 그토록 느릿하던 노숙자들이 아주 잠시 빠릿하게 느껴졌다.

 '별 생각이 있겠냐. 그냥 왕초니까 어련히 알아서들 잘 하겠지.'

 편안하게 남들이 깔아준 자리에 누우려는데, 어디선 가 가느다랗지만 청량한 목소리가 들렸다. 귀에 박히지 만 기분 좋은 음성이었다.

저질 인생을 고칠 방법

 기분 좋은 음성과 다르게, 내용은 짜증스러운 것이었다. 잔소리였다. 내가 방금 왕초가 되었는데도.

 "그렇게 싸움질만하면 저질 인생이야."

 맞는 말이지. 하지만 맞는 말이고 뭐고 정신이 망가지면 우선 성질부터 난다.

 "이 쌍, 뭐야?"

 "거봐. 바로 욕부터 나오잖아."

 몸집이 작은 노인이었다.

 나는 그 노인을 쥐어박으려고 다가갔다. 이런 녀석쯤이야 한번 걷어차면 뻗어버릴 것이다. 하지만 내가 다가가건 말건 너무나 편안해 보이는 노인을 보고 어쩐지 분노가 조금 가셨다. 그래도 그냥 지나가기는 싫어, 시비를 걸어보았다.

나는 최대한 사납게 말을 걸었다.

"영감탱이! 뭐야?"

"잠시만 여기 앉아봐. 내가 소주 남은 거 조금 줄게."

노인은 노련했다.

나는 얼른 옆에 앉았다. 아까도 잠시 말했지만, 노숙자가 되면 욕구만 남고, 짐승과 다를 바가 없어진다.

노인은 한모금이 될까말까하게 남은 소주병을 내게 주었다.

"이게 다야?"

나는 짜증을 내면서도 단번에 소주를 들이켰다. 노인은 아랑곳 없이 자기가 하고 싶은 말만 계속 했다.

"너 그거 아냐? 사람이 딱, 죽으면 천국에 가실 고귀한 분들은 천사같이 입고 곱게 천국에 가시지. 하지만 우리처럼 악귀같이 살던 놈들은 어찌되는 줄 알아? 시험절차를 거쳐. 이놈의 자식을 어떻게 할지를 정하는 시험. 근데, 문제는, 우리는 무식한 놈들이라 그게 시험인지도 몰라."

이런 걸 두고 개소리라고 하나, 잠꼬대라고 하나.

"영감은 죽어 봤어? 어떻게 알아?"

71

"당연히 봤으니까 알지. 죽을 날이 되면 보이는 게 있거든."

영감은 다 썩은 이를 드러내며 씨익 웃었다.

보긴 뭘 어떻게 봤겠나. 당연히 미친 영감의 허풍이겠지만 웃음 끝에 어쩐지 소름이 끼쳤다. 나도 모르게 고개를 돌렸다.

"시험 절차가 뭐냐면, 저 멀리서 손이 백 개나 달린 마귀가 그 많은 손에 다 칼을 들고 서 있어. 우리가 꼭 지나가야하는 길에 그 놈이 서있어. 우리를 보고 소리지르지. 네 죄를 고하라! 이렇게. 그럴 때 다들 어떻게 지나가야 하나 고민할 거 아니야? 칼 앞에서 죄를 술술 불기도 곤란하겠고."

영감은 마치 나를 가르치는 듯한 말투로 이야기하고 있었다.

"그럴 때, 너처럼 성질 더러운 놈들이 꼭 있어. 왜 너 같은 괴물이 앞에 있냐면서, 내가 무슨 죄가 있냐면서, 아니면 내가 왜 죄를 너에게 말해야 하냐면서 가장 먼저 성질내면서 덤비지."

"그럼 어떻게 되는데?"

"갈가리 찢어져서 가장 먼저 천길 나락으로 떨어지지. 걱정 마. 다 떨어지고 나면 원래처럼 몸이 붙어있을 테니까."

그깟 한 모금에 취했나. 이런 헛소리가 섬뜩하다.

영감은 내 눈을 정면으로 쏘아보며 말했다.

"그러니까, 성질내는 걸로 문제 풀려는 놈들은 바로 그런 놈들이야. 대책이 없으니까 성질을 내는 거지. 그리고 가장 먼저 죽을 놈들이야."

이 미친 소리에 이상하게도 침이 꼴깍 넘어갔다.

"그 다음은 얕은 수로 뒤로 돌아가려는 놈들, 그 앞에서 거짓말 하는 놈들, 비겁하게 남의 등 뒤에 숨어서 남이 죽는 거 지켜보는 놈들이 다 순서대로 심판 받지. 결과는 다 똑같아. 다 조각나서 천길 낭떠러지로 떨어져."

"시덥지 않은 소리."

말은 그렇게 했지만, 이상하게 스산한 기분이 들었다. 하지만 그걸 티를 내기는 싫어서 나는 허세를 떨었다.

"어차피 죽었는데 좀 떨어지면 어때?"

"그 아래는 불지옥이야. 자기가 저지른 죄만큼 벌을 받게 되지. 영원히."

나는 침을 꼴깍 삼키면서 아무렇지도 않은 척 물어보았다. "그럼 어떻게 해야되나?"

"당연히, 싹싹 빌어야지. 진심으로."

"헛소리."

"맨 마지막까지 남아서 진심으로 빌면, 새로운 기회를 주지."

"무슨 기회? 죽었는데 기회는 얼어 죽을."

"내가 말한 곳은 사실, 완전히 죽은 자들이 가는 곳이 아니야. 나처럼 목숨이 간당간당한 자들이 보는 환상같은 곳이지. 이런 환상을 보면 어떻게 해? 성질내면 안되지. 빌어야지. 그러면 너덜한 영혼도 재생할 기회가 생겨. 그러니까, 사람은 완전히 죽기 전까지는 재생할 기회가 있어. 신은 마지막까지 힌트까지 주지. 심지어 손이 백 개 달린 괴물도 자기 죄를 고하라고 하잖아? 그대로 하면 돼."

여기까지 말을 하고 영감은 심하게 쿨럭거렸다.

그제야 나는 영감이 누구인지 대충 기억이 났다.

'아, 며칠 전부터 백일해 때문인지 기침을 심하게 하던 영감이었나? 이상하다. 이런 인상이 아니었고, 그냥

힘없고 아무 생각 없어 보이던 영감이었는데, 오늘따라 기묘하네.'

다음 날 아침, 영감은 죽어 있었다.

곳곳에서 재수 없다고 치우라는 소리가 들렸다. 하루 이틀 일도 아닌데, 이번엔 다들 유난스러웠다.

"빨리 치워 재수 없다."

"대체 언제 죽은 거야?"

"내 저럴 줄 알았지, 저럴 줄 알았어."

다들 조금씩은 느낀 것일까. 그 영감이 마지막 순간에는 범상치 않은 기운을 풍기고 있었다는 것을. 나는 왕초로서 조용히 말했다.

"조용히 해라. 우리도 별다르지 않은 처지야. 곱게 모셔둬. 치울 사람들이 올거야."

떠들썩하던 사람들이 일순간 조용해졌다. 어젯밤 내가 피튀기며 싸우는 모습을 보았기 때문이리라.

나는 상좌에 누워 영감이 한 말을 곱씹어 보았다.

'신이 주는 힌트라.'

조금 있으니, 청소원이 영감을 발견했다. 어딘가에 연

락을 하는 듯하더니 곧이어 다른 사람들이 왔다. 영감의 작은 몸은 순식간에 사라졌다.

다들 알고 있겠지. 우리의 종말도 저와 별반 다르지 않다는 것을. 여기서 탈출하지 않으면 말이다. 그리고 우린 다들 알고 있다. 우리에게 여기서 탈출할 힘같은 것은 남아있지 않다는 것을.

나는 아무 감정도 느끼지 않으려고 영감이 한 말을 다시 곱씹었다.

'신이 주는 힌트라.'

신이 힌트를 준다해도, 내가 뭘 할 수 있을까.

신은 과연 내가 실행할 수 있는 힌트를 줄 것인가.

악령은 신과 나 사이를 비집고 들어와 또 나를 엉뚱한 곳으로 쳐박아 넣을 것인가.

아무 생각하지 말자. 그래, 머리를 비우고 이것만 생각해보자.

'신이 주는 힌트라.'

세 잎 클로버의 행복

날은 갈수록 더 추워졌다.

집을 나올 때 이미 가을이었는데 이제 겨울로 접어들고 있었다. 새벽 추위는 고통을 넘어 죽음의 위협을 느끼게 했다.

나는 서열 1위인 덕에 잠자리를 선택할 수 있었고, 화장실에서 자기로 마음 먹었다.

소독약 냄새나는 그곳을 왜 선택했냐면, 지붕이 있고, 길거리보다는 덜 춥기 때문이다. 목숨이 왔다갔다하면 냄새 따위는 문제가 되지 않는다.

나는 그 전에도 새벽에 눈을 떠서 일과를 시작하는 습관이 있었다. 중독에 빠졌어도 나름 성실하고 열정적으로 살았다. 노숙 생활을 한 이후에는 성실하게 살려고 그런 것은 아니지만, 추워서, 습관 때문에, 술이 고파서, 또 여러 가지 이유로 새벽에 눈을 떴다.

그날도 새벽에 눈을 떴다.

뼛속까지 한기가 들어왔다.

'술도 없네. 딱 죽고 싶다.'

얼어 죽기 싫어 화장실에서 자면서 나는 죽고 싶었다. 헛웃음이 나왔다.

물을 마시려고 세면대 앞에 섰다.

거울을 보니 끔찍하게 생긴 사내가 나를 노려보고 있었다.

독기만 남은 눈에 듬성듬성 난 머리, 초췌한 몰골.

사람의 형상이 아니라 악귀의 형상 그대로였다.

'너냐, 날 괴롭히던 놈이?'

혼란스러웠다. 내가 누군지 알 수 없었다.

나는 추워서 그랬는지, 화장실 문에 목을 매야겠다는 생각이 들어서인지 나 자신도 분간할 수 없는 감정으로 변기가 있는 칸으로 들어갔다.

안에는 글씨가 써있었다.

나는 천천히 그 글을 읽었다.

네 잎 클로버는 행운이다. 아주 드물게 보인다.

세 잎 클로버는 행복이다. 어디에나 있다.

사람들은 네 잎 클로버를 찾느라

어디서나 당신을 기다리는 세 잎 클로버를 밟고 못 본 체하다가

결국, 놓쳐 버린다.

신은 인간에게 가장 많이 필요한 것을 가장 많이 주었다는 사실을 잊지

말라.

네 잎 클로버가 드물게 보이는 것은

그것이 많이 필요하지 않거나 혹은

그것이 악마의 것이기 때문이다.

이토록 통속적인 글귀 하나하나가 가슴을 파고 들었다. 내가 찾던 것은 주식 대박이라는 허황된 행운이었다. 그러나 나에게 진짜 필요한 삶은 타워팰리스가 아니었다.

그건 허영심이었다.

그 허영심 때문에 내가 잃어버린 것은 가족과, 안정된 직업과, 내 인생과, 그리고, 내 어머니, 어머니.

중독에 빠진 이후 처음으로 울었다. 어머니가 돌아가시는 그 순간에도 주식만을 생각하던 내가 지금에서야

눈물을 흘린다.

어머니는 폐암이었다. 어머니가 내 중독 때문에 스트레스를 받아 병들었을 것이란 생각에 마음이 여간 괴로운 것이 아니었다. 그래도 울지 않았다.

지극정성으로 어머니의 병간호를 해도 모자랄 판에, 나는 어머니의 병실에서 주식 현황판을 들여다 보고 있었다. 주식을 열심히 해서 돈을 벌어 어머니를 살리겠다는 망상 때문이었다. 돈이 있으면 어머니를 치료할 수 있을 것 같았다. 이런 망상에 빠져 나는 어머니가 돌아가실 때에도 울지 않고 옆에서 주식만을 생각했고, 하관하는 순간에도 마찬가지였다.

나는 지독한 주식 중독으로 감정이 마비된 사람이었다. 그러나 지금 이 순간, 뜨겁게 흐르는 이 눈물은 아주 오랜만에 나를 인간으로 만들고 있었다.

하지만 어쩌랴. 지금 인간이 되어 무엇하겠는가. 세잎 클로버를 되찾을 방법이 없는 것을.

이 와중에도 내 눈엔 주식 현황판이 어른거리고, 나는 내 인생에게서 버림받은 것을.

나는 처음으로 내 진심을 토해내었다.

"신이 있다면 들어주십시오. 나는 이제부터 내가 잃어버린, 아니, 짓밟아 버린 세 잎 클로버를 되찾을 날만 기다리겠습니다."

여기까지 말하자, 신이 내 말을 다 들어줄 것 같은 기분이 들었다. 그래서 변명도 덧붙이고 싶었다.

"내가 스스로 되찾을 능력이 없으니, 기다릴 수밖에 없습니다. 누가 가져다 주길 기다릴 수밖에 없습니다. 혹시라도, 내 음성이 들린다면, 신이시여, 다시 기회를 주신다면, 내가 뭐든지 하겠습니다."

누가 내 말을 들은 것일까.

내 눈물에 형광등 빛이 반사된 것일까.

어둡기만한 하늘에서 무언가 반짝거렸다.

그리고 며칠 후에, 손님이 나를 찾아왔다.

가족도 친구도 더 이상 찾지 않는 나를, 나조차 내가 누구인지 잊어가던 나를 말이다.

기적은 평범하게 찾아온다

기적은 아주 평범한 날에 아무렇지도 않게 찾아 온다. 그날도 그랬다. 노숙자 왕초로 군림하던, 세상에서 가장 찌질하던 나에게 손님이 찾아왔다.

"형님! 이게 무슨 일입니까?"

내 사촌 동생, 그러니까 우리 불교 집안에서 나온 첫 예수쟁이였다. 재수 없게 예수 믿는다고 내가 구박도 많이 했다. 야단도 치다가 결국 절연하였다. 장남이라 일가친척 경조사를 다 챙기던 내가, 이 동생의 결혼식 때는 가지 않을 정도였다.

나에게 가장 구박받던 동생이 내가 가장 비참한 순간에 유일하게 나를 찾아와 주었다.

"어떻게 알고 왔냐?"

"뜬소문을 듣고, 물어물어 왔습니다. 형님! 일단 저희

집으로 같이 가십시다!"

동생네 집으로 가면 새벽에 춥지 않을 수 있겠고, 따뜻한 물로 샤워할 수 있을 것이다. 나는 두말 않고 따라나섰다.

동생은 목사가 되어 있었다. 작은 집에서 나같은 갈데없는 노숙자들을 데려다가 함께 살고 있었다.

나는 동생네 집에서 며칠 쉬다가 '라파의 집'이라는 곳을 소개받아 입소하게 되었다. 여기도 목사님이 운영하시는 곳인데, 주로 알콜 중독자들이 무료로 숙식하며 상담받고 함께 예배하는 곳이라고 했다.

'어쨌든 노숙 생활은 끝났구나.'

예수쟁이라면 딱 질색이었다. 집안의 장남으로서 사촌 동생이 단지 예수 믿는다고 결혼식에도 안 가고 인연을 끊어버렸으면 말 다했지 않은가. 그러나 지금은 찬밥 더운밥을 가릴 때가 아니었다. 무료 숙식 제공이라니. 지붕 아래에서 이불을 덮고 자고, 끼니 때마다 밥을 먹을 수 있다는 사실은 곧 천국을 의미한다.

'교회? 재수 없지만 어쩔 수 없지. 천국으로 들어갈 수 있다는데 교회 쯤이야, 뭐.'

그 천국에 입소한 첫날, 나는 삽과 곡괭이를 들고 옆방에서 자던 정신 병자와 싸웠다. 이유는 간단했다. 내가 자다가 소리를 너무 크게 냈다는 이유였다.

물론, 첫날부터 싸울 의사는 전혀 없었다.

나는 온순한 양같은 태도로 내 방을 배정 받고, 목사님에게 이곳 운영 규칙을 들었다. 나는 원체 사교적인 성격이라, 활발하게 옆방 사람들에게 인사도 했다. 내 옆방을 쓰는 사람이 알콜 중독에 정신이 온전치 않다는 사실은 얼굴만 보아도 충분히 알 수 있었다. 하지만 개의치 않았다. 노숙자 무리에 살던 내가 약간 맛 간 녀석이 문제겠냐. 지붕과 밥이 있는 숙소가 있는데 말이다.

그러나 나는 당시 공황 장애로 잠을 잘 자지 못하는 사람이었다. 밤에 잠이 오지 않아 뒤척이다가 일어나 방 안을 서성거렸다. 그때는 인식하지 못했는데, 이 숙소는 가건물이었고, 벽면이 아주 얇은 합판으로 만들어져 있어서, 내 방에서 나는 소리가 그대로 양쪽 옆 방으로 전달되곤 하였다. 첫날이라 그걸 몰랐다.

그렇게 첫날, 방안을 서성이다 막 한숨을 쉬는데, 내 방문이 덜컥 열렸다.

복도에 불이 들어와 있어서 방문을 연 이가 누군지 알기 어렵지 않았다. 아까 낮에 온순한 얼굴로 웃으면서 편하게 지내시라며, 앞으로 잘 지내자고 한, 내 옆방 사람이었다. 내가 잠을 잘 못 자서 옆 방에서 불편하실 수도 있다고 말을 하자, 그런 것은 서로 양해하자며 사람좋게 웃던 녀석이었다. 그 녀석이 지금, 난데 없이 내 방에 들이닥친 것이다.

"야! 시, 시, 시끄러워! 너, 너, 이, 일부러 크게 소, 소리를 내, 냈지?"

눈동자를 보니 확실히 아까보다 훨씬 더 제정신이 아니었다. 게다가 손에 무언가를 들고 있었다. 곡괭이였다. 대답할 겨를도 없었다. 나는 빠르게 그를 밀치고 복도로 뛰어나갔다. 그녀석은 좀비처럼 비척거리는 걸음으로 나를 쫓아왔다. 손에 든 곡괭이는 놓치지도 않고 따라왔다. 당연히 저 곡괭이로 나를 한 대만 사알짝 치고 갈 리는 없었다. 방어를 해야 했다.

'뭐 무기가 될만한 것이 없나?'

마당으로 뛰어나가니, 도구함이 있었다. 거기서 가장 먼저 손에 잡히는 것을 집어 들었다.

삽이었다. 나는 삽을 들고 나를 향해 달려드는 미친 녀석에게 방어하는 자세를 취했다. 저 미친 녀석은 괴성을 지르며 나를 향해 달려오고 있었다.

"주, 주, 죽어라, 미친 놈아!"

미친 놈은 네가 미친 놈이겠지. 곡괭이로 애먼 사람 죽이려는 이 미친 녀석아.

자살 중독에 주식 중독으로 반쯤 미친 나는 한밤 중에 삽을 들었다. 그리고 곡괭이를 든 완전히 미친놈과 목숨을 걸고 싸웠다.

나는 이때 제대로 미친 사람은 힘이 세다는 사실을 몸소 체험하였다. 싸움이라면 밀린 적이 없는 나지만, 빼빼 마르고 작은 체구의 이 미친 녀석에게 나는 완전히 밀리고 있었다. 이렇게 밀리다가 저 곡괭이에 삶이 끝장날 것 같았다.

자살 충동? 진짜 죽음의 위협 앞에서 그깟 것은 사치다. 무조건 살아야 한다. 최소한, 죽더라도 이렇게 엉망으로 죽고 싶지는 않았다. 실로 오랜만에 살아야 한다는 강렬한 의지가 솟구쳐 올랐다.

'살아야 한다!'

우습게도, 이 상황에서 나를 살려준 것은 저 정신 나간 녀석의 욕설이었다.

이 녀석은 나를 비방하고 욕을 하느라 나를 제대로 공격하지 못했다. 나는 그 틈을 타서 승기를 잡았다. 어리석은 녀석. 목숨을 걸고 싸우면서 대화를 시도하다니. 그 욕지기를 듣고 우리 목사님이 잠에서 깨어났다. 목사님이 잠에서 깨어 우리를 발견한 시각은 물론, 내가 승기를 잡아 이 미친 녀석을 때려 잡기 직전이었다.

"거기 멈춰라! 이런 미친 놈들아!"

우리보고 미친 놈들이라고 부르짖으며 헐레벌떡 달려오는 목사님의 얼굴도 만만치 않았다. 사람은 급하면 눈에 광기가 어리나, 싶었다.

이렇게 여유있게 남의 얼굴까지 관찰할 수 있었던 이유는 목사님을 발견한 옆방 중독자가 멈칫했기 때문이었다. 물론 나도 마찬가지였다.

숙소에서 쫓겨나면 갈 곳이 없는 우리는 얌전히 목사님의 명령을 따라 싸움을 멈추었고, 차분하게 무기를 제자리에 내려 놓았다. 그리고 목사님의 따발총 같은 잔소리를 듣고선 조용하게 방으로 돌아갔다.

나는 당한 쪽이지만, 목격당할 당시에는 공격하는 입장이었기 때문에 '첫날부터 사람 잡을 놈'이라는 수식어가 나를 따라다녔다. 게다가 다들 알코올 중독자였지만 나는 주식 중독이었다. 같은 중독이라도 증세가 완전히 달랐다. 나는 겉으로 보면 완전히 멀쩡하고 건강하기까지 하였다. 그래서 나는 첫날 이후 내내 그곳에서 왕따였다.

여하튼, 신고식을 거하게 치른 나는 첫날부터 잠을 제대로 이루지 못했다.

다음 날 목사님 방을 찾아가 자초지종을 설명하니, 목사님은 방을 바꾸어 주었지만 방을 바꾼다고 달라지는 것은 별로 없었다. 새 방 역시 옆방에 정신 이상자에 알코올 중독자가 묵고 있었다.

이곳에서 나는 이방인이고 색다른 녀석이었다. 나는 따돌림을 당하게 되었다.

그 덕분인지 나는 조금씩 차분해져 갔다. 조용한 산 속에서 친구도 없이 지냈지만, 그게 마음을 안정시키는데에 조금은 더 도움이 되었다. 웃고 떠드느라 정작 생각해야할 것을 잊어버리는 우를 범하지 않을 수 있었으니까.

낮에는 목사님에게 상담도 받고, 다같이 예배도 드렸다. 돌아가며 식사 당번도 하고, 설거지도 하였다. 청소도 하고, 산책도 하였다.

규칙적으로 생활을 하면서 마음이 차츰 가라앉았고, 잔잔하게 과거 생각이 밀려왔다. 그토록 회피하고 싶었던 어머니의 죽음도 떠올랐다.

나는 아직도 어머니가 폐암에 걸린 이유가 혹시나 장남이 주식 중독에 빠져서 인생을 말아 먹은 것 때문에 속이 상해서 그런 것이 아닌가 생각한다. 그 생각을 하면 견딜 수가 없어서 내내 회피하고 있었다.

어머니가 병원에 입원해 있을 때, 나는 간호한답시고 하던 일도 때려치우고서는 옆에 앉아서 주식 현황판을 들여다 보고 있었다. 전에도 잠시 말했었지만, 주식으로 대박을 내서 큰 돈을 벌면, 어머니를 고칠 수 있는 돈을 벌 수 있을 거라는 망상도 품었다.

그러니까 무조건, 주식이 대박나면 어머니도 살 것이라는 말도 되지 않는 생각이었다. 이 생각은 어머니가 돌아가시고, 무덤을 파고, 하관을 하면서도 계속되었다. 나는 하관을 하면서도 울지 않았다. 오직 '그 종목을 얼마에 팔까' 이것을 생각하고 있었다.

감정이 마비된 인간. 바로 중독의 무서움이다. 내 남은 인생 내내 생각하면서 몸서리칠 그 순간들을 나는 마비되어 미친 마음으로 보내고 있었다.

그렇게 어머니를 잃고서, 아버지는 그래도 정신 못 차리는 나를 불러서 농약이 든 잔을 건넸다. 너 때문에 며느리와 손주들까지 죽겠다고, 그냥 나랑 같이 죽자고.

나는 그 순간에도 '이거 마시면 앞으로 주식 못하는데?' 이 생각만 했었다. 아버지의 고통도, 가장 사랑하는 아들에게 그 잔을 내밀기까지의 고뇌도 안중에 없었다. 오직 주식을 계속 해야 한다는 생각뿐이었다. 그래서 아버지가 내미는 잔을 내던져 버리고, 덕분에 우리 부자는 살았다.

나는 내 인생의 목적이 마치 주식인 양 살면서 내 인생을 송두리째 망가트리고 있었다. 그리고 가족에게 쫓겨나고, 노숙자가 되고, 여기 산골에서 정신병자들에게 왕따가 되어 있었다. 아침이면 지네가 죽어 내 등에 붙어 있고, 낮에는 억지로라도 정신병자들과 말을 섞어야

하고, 밤에는 정신 병자들의 곡괭이를 조심해야 하는 이 끔찍한 곳에서.

'씻어내야 겠다. 이 지긋지긋한 주식 중독.'

주식에 빠진 이후, 최초의 결심이었다.

완전히 말고 거의

나는 주식 중독에서 벗어나기 위해 최선을 다했다. 집단 상담에 성실하게 참여하고, 목사님이 권해주시는 책도 읽었다. 목사님이 병원비를 내주신 덕에 병원에 다니게 되어 약도 꾸준히 먹었다. 그리고 결심했다. 주식을 끊고 정상적인 생활을 하겠다고.

하지만,

완전히 끊는 것은 조금 섭섭하니까,

주식을 해도 남들처럼 조금씩만 하겠다고 혼자서 생각했다.

아무에게도 말은 하지 않았다.

중독에 빠졌던 사람들은 알 것이다. 이 '조금씩만'이 바로 중독자를 잡는 함정이라는 것을. 남들은 조금씩만 하면서 질리기도 하고, 즐기기도 하지만, 중독에 빠졌던 사람은 어림도 없다.

알코올 중독이던 사람이 건실하게 살다가 남들처럼 '막걸리 한 잔만' 마시는 순간 다시 알콜 중독의 수렁에 빠지는 것이며, 나같은 주식 중독자는 아예 주식 근처에도 가지 말아야 하는 것이다. 평생.

오죽하면 도박을 끊으려고 오른손을 자르면 왼손으로 도박을 하고, 왼손도 자르면 발가락으로 도박을 한다고 하겠는가. 양 손이 잘리고서도 끊지 못하는 것이 바로 중독이다. 그러니까 '조금씩만 하자'는 것은 다시 중독의 진흙탕으로 빠지자는 소리다.

당시 난 이걸 몰랐다.

하지만 겉으로 보면 나는 완전히 중독에서 벗어난 듯 보였다. 그많은 중독자를 상담했던 목사님조차 나에게 속았을 정도였다.

나는 '중독 졸업' 인증을 받고, 목사님의 주선으로 가족들을 다시 만났다. 그리고 집으로 돌아가 그리운 가족 품에 다시 안겼다.

나는 다시 직업을 가지고, 다시 건실한 가장이 되고 싶었다. 노숙생활의 때는 라파의 집에서 다 씻어내고, 정

신적으로나 신체적으로나 상당히 건강해져서 집으로
돌아온 덕에 가능할 것 같았다.

　나는 예전에 다니던 학습지 회사를 다시 찾아가, 다시
일자리를 달라고 해보았다. 사람 좋은 팀장님은 나를
다독이며 일자리를 주었다. 유능하고 열정적인 동료 교
사들 역시 나를 반가워하며 응원해 주었다.

　얼마 전까지 노숙하던 나는, 이렇게 행복하게 다시 직
업 세계로 돌아왔다.

　수업은 곧바로 시작할 수 있었다. 전에 가르쳤던 학생
들은 아니지만, 새로운 학생들을 만나, 나는 열심히 일
했다. 외제차를 굴리는 일은 아니었지만, 학습지 교사
일이라도 내게 직업이 있다는 사실이 감사하다는 생각
도 들었다.

　나는 전보다 훨씬 더 열심히 일했다. 아이들을 만나도
전보다 훨씬 더 즐거웠다.

　"선생님은 아는 친구 많아요?"

　"별로 없어."

　"남자들이 다 그렇지요. 뭐."

"그래. 다음 페이지."

"선생님 결혼하셨어요?"

"응."

"선생님 아내는 친구 많아요?"

"응."

"여자들이 다 그렇지요, 뭐."

"오냐~. 다음 페이지!"

예전보다 훨씬 적은 월급이지만, 첫달 봉급을 아내에게 가져다주니 아내는 눈물을 흘렸다. 액수가 문제가 아니었다. 성실한 가장이, 자신의 믿음직한 남편이 다시 돌아왔다는 사실에 아내는 감동한 것이었다.

'이렇게 착한 아내를 내가 배반했던가.'

우리 부부는 목사님의 조언을 듣고 함께 교회에 다니기로 했다. 교회에 다니면서 부부가 더욱 화목해지고, 사회활동도 하고, 신앙심도 유지하라는 것이었다.

나는 교회도 열심히 다녔다.

교회 생활을 하면서 밖에서 본 교인들과 안에서 본 교인들은 완전히 다른 사람들이라는 것도 알게 되었다.

내 편견도 조금은 있었지만, 밖에서 본 교회 다니는 사람들이란 내게 비호감 자체였는데, 안에서는 서로서로 사랑하고 점잖고 따뜻한 사람들이었다. 이런 사람들이 왜 밖에서는 이런 모습이 아닐까. 이건 바깥 세상의 문제일까, 교회 사람들의 문제일까.

하여튼, 나는 교회 다니는 일은 나쁘지 않았다. 수련회는 친한 사람들과 함께 건전하게 놀러가는 것 같아 즐거웠다. 찬양하면 어쩐지 기분이 좋아졌다. 노래방 말고 맨정신에 성인이 이렇게 크게 노래 불러도 되는 곳이 어디 흔한가. 크게 부를수록 칭찬받고 말이다.

게다가, 예배에 참석할수록 자살 충동이나 부정적인 감정들이 사라지는 것도 느껴졌다.

'악령이 떠나가는구나.'

교회도 어떤 교회는 그냥 말씀도 지루하고, 정치적이고, 성도들끼리 싸우고 그런다는데, 우리 교회는 분위기도 좋고, 말씀도 은혜스러웠으며, 찬양 시간에는 모든 악령이 떠나갈만큼 강력한 신적인 기운이 넘쳐 흘렀다. 이럴 때면 기분이 좋았다. 술취한 것은 비교도 되지 않을 정도로 기분이 좋고, 사람이 선해지는 기분까지 들었다.

그래, 난 교회도 참 잘 골랐다.

아내는 더욱 잘 골랐지.

난 뭐든 잘 고른다.

왜냐면 난 타고난 승부사니까.

주식을 제대로 하면 대박날 승부사.

다들 알지 않는가? 난 주식만으로 갑부가 되었던 사람이라는 사실을.

이렇게 즐겁게 지내며 아내도 내가 다시는 주식을 하지 않으리라 굳게 믿게 만든 후에, 나는 아내 몰래 조금씩 모은 돈으로 다시 주식 계좌를 만들었다.

하지만 이건 전처럼 내 삶을 다 망가뜨리기 위해서는 아니었다.

주식은 도박이고, 도박은 중독이 된다. 난 이걸 잘 알고 있었다. 누가 다시 도박 중독에 빠지고 싶겠는가.

다만 나는, 취미 생활처럼 조금만 하고 싶었다.

재미있지 않나. 그래프가 오르 내리고, 잘하면 돈을 벌고, 더 잘하면 아주 큰 돈을 벌고….

모든 생활이 안정되고 가족들이 단란해질 무렵, 나는

편안한 마음으로 아주 자연스럽게 주식 계좌를 만들었다. 그리고 집 컴퓨터에서 주식 계좌를 들여다 보고 있을 때, 또 아내에게 들켰다.

이렇게 걸린 것이 몇 번째인가. 하지만 중독자란 이렇게 어리석다. 뻔한 것을 두고 충동을 절제 못해 똑같은 실수를 한다.

"당신 뭐해?"

"자기야, 딱 한 번만, 이제 취미로 할 거야. 걱정하시마."

아내는 주식을 하고 있는 나를 보고 그 자리에서 쓰러져 버렸다. 그리고 나는 다시 집에서 쫓겨났다.

집에서 쫓겨난 나는 다시 라파의 집에 찾아갔다.

목사님 방에 앉아서, 입에 담배를 꼬나물고 목사님에게 하소연을 했다.

"목사님! 진짜, 딱 한 번만 주식하게 해주세요. 한 번만 하고 대박 내서 예전에 잃은 것 다 메꾸고 나면 이제 주식 안 해도 됩니다! 진짜, 딱 한 번만 주식하게 해주세요!"

목사님은 내 눈을 지그시 바라보다가 말을 했다.

"그래, 너 주식해라."

"네? 정말요?"

"그래. 근데, 오늘은 피곤하니까 한 숨 푹 자고, 내일 부터 해라. 내가 허락해 줄게."

"역시! 우리 목사님은 최고예요!"

목사님이 너무 사랑스러워서 막 그러안고 싶을 지경 이었다.

나는 즐거운 마음으로 예전 숙소에서 잠이 들었다.

다음 날 아침에 일어나니, 아버지와 동생이 라파의 집 에 와 있었다.

"아버지! 어떻게 오셨어요?"

침묵하는 아버지를 뒤로하고, 목사님이 대신 대답하 셨다.

"너, 집에서 쫓겨났으니까, 당분간 아버지 집에 가라. 거기서 주식 해. 그리고 잠시 쉬었다가 다시 너네 집으 로 가. 가면서 관광도 좀 하고."

나는 아버지와 동생과 함께 즐겁게 드라이브를 한다 는 생각으로 차를 탔다.

라파의 집이 있는 산을 내려와, 산도 달리고, 아름다운

경관이 펼쳐진 들판도 달렸다. 달리는 내내 아버지와 동생은 아무 말도 하지 않았다. 내가 가끔 묻는 말에 건성으로 대답할 뿐이었다.

"아버지, 별고 없으셨고요?"

"응."

"동생아! 너 하는 일은 잘 되냐?"

"네."

"난 아버지 집으로 가는 것이지?"

"…. 네. 형님."

나는 차 속에서 가끔 콧노래도 부르고, 캔맥주도 마시다가 낮잠을 청하였다. 그렇게 아주 잠시 잠들었다가 눈을 떴는데, 조금 이상했다.

"동생아! 여기 우리 집 가는 길 맞아?"

"…. 네. 형님."

"신작로인가?"

동생은 대답이 없었다.

동생이 운전하는 차가 도착한 곳은 산 속에 있는 낡은 건물이었다. 간판엔 '00정신병원'이라고 써있었다.

"여기가 어디냐? 동생아?"

"내리세요. 형님."

동생과 아버지가 먼저 내렸다.

나는 별로 내리고 싶지 않았는데, 좀 있으니 덩치 큰 녀석들 둘이 나를 차에서 끌어 내렸다. 나는 건물 안으로 끌려 들어갔다.

아버지와 동생이 내 입원 수속을 밟는 동안 나는 거대한 쇠문이 철컹 소리를 내며 내 눈 앞에서 닫히는 것을 보았다.

"야, 문 열어! 나 나갈래!"

내가 발광하자, 딱봐도 기도 역할을 할 녀석이 내 어깨죽지를 거세게 움켜쥐었다. 하지만 내가 누군가. 몸싸움으로는 정신 병자 외에는 진 적이 없는 최강의 남자가 아닌가. 나는 최대한 발악을 해서 녀석을 제압했다. 그리고 그 녀석을 때려 눕히고 온갖 육두 문자를 동원하여 욕을 해댔다. 어서 문을 열라고.

잠시 후에 무언가 등을 강하게 찌르는 느낌이 들었다. 뒤를 돌아 보니 커다란 주사기가 내 등에 꽂혀 있었다. 나중에 알게 되었지만, 이것은 일명 '코끼리 주사'였다. 코끼리도 잠들게 할만큼 강력한 효과를 가진 주사라는 뜻이다. 나는 바로 정신을 잃었다.

 얼마나 지났을까.

 눈을 떴을 때, 아버지와 동생은 간 곳 없고, 나는 완전
히 발가벗은 상태로 침대 위에 쇠사슬로 결박당해 있었
다.

 그렇다. 이곳은 인권이라고는 찾아볼 수 없고, 아무도
간섭할 수 없는 폐쇄된 공간, 어떤 범죄가 일어나도 암
암리에 묻혀버리는 곳, 바로 사설 폐쇄정신병동[2] 이었
다.

 방에는 불도 켜주지 않아 몹시 어두웠다. 가까운 곳도
잘 보이지 않을 지경이었다.

 나는 그렇게 어두운 곳에서 알몸으로 사흘을 묶여 있
었다.

---

 2 편집자 주 : 모든 사설 폐쇄정신병동이 다 주인공의 언급과 같다는 뜻은 아닙니다. 이 작
품은 실화 스토리를 소설적 기법을 사용하여 소설화한 작품으로, 여기서는 주인공의 특별한 경
험에 국한된 것만을 언급한 것입니다.

폐쇄정신병동에서

사흘간 나는 어둠 속에서 나신으로 묶여 있었다. 물리적인 힘은 문제가 아니었다. 빛이 전혀 없으면 사람은 극도의 공포에 젖어든다. 게다가 맨몸으로 쇠사슬에 묶여 있으면 공포는 배가 된다.

수치심과 공포심이 나를 지배했다.

나는 그 상태로 하루 종일 혼자 있으면서 관으로 투입되는 음식물을 억지로 몸에 받아들이고, 침대에 묶인 채로 배설해야 했다. 두려움과 수치심이 엄습했다.

처음에는 욕하고 소리지르던 나는, 차츰차츰 사정을 하게 되었다.

"제발 부탁입니다. 이것만 좀 치워 주십시오."

내 배설물을 두고 하는 말이었다.

"부탁입니다. 물 좀 주십시오."

"감사합니다. 불만 좀 켜주십시오."

나는 길들여진 짐승처럼 고분고분해졌다.

사흘 째 되던 날, 난 이미 순한 짐승이 되어 있었고, 누군가 문을 여는 소리에 문을 떨었다.

'누가 들어오는 것이지? 나를 어떻게 하려고 할까? 통사정을 해야겠다.'

무조건 죄송하다고 말하려는데, 달칵, 소리와 함께 드디어 이 지옥에 빛이 들어왔다.

나는 빛이 고통스러워 눈을 감았다.

빛 속에서 낮은 목소리가 들렸다.

"풀어줘."

"네, 실장님."

나를 죽어라고 두들겼던 기도는 나를 풀어주었다.

나는 기운 하나 없이 풀려나, 거의 끌려가다시피 부축을 받으며 방을 나섰다. 그리고 사흘만에 드디어 나는, 온갖 냄새를 풍기는 몸을 씻고, 바람이 불고 빛이 비치는 곳을 걸어다닐 수 있었다.

몸을 씻은 후 나는 다른 환자들이 있는 병실에 들어갔다. 병실에는 한눈에도 조현병 환자임을 알 수 있는 사람도 있었고, 멀쩡해 보이는 사람도 있었다.

"여기가 아저씨 침대예요."

아주 멀쩡해 보이는 꼬마가 자리를 안내해 주었다. 옷도 환자복이 아니라서 잠시 직원인가 생각하였지만, 저도 척, 드러눕는 것을 보니 내 옆자리 환자였다.

"넌 환자복 안 입어?"

"전 환자가 아니라서 안 입어요."

"환자가 아니야?"

"제가 정신병자로 보여요?"

꼬마는 갑자기 화가 난 듯한 표정이었다. 아주 신경질적인 눈매가 스쳤다.

난 아주 피곤했고, 정신병자 꼬마와 싸우고 싶지 않았다.

"아니다. 신경 쓰지 마라."

"옷은 엄마가 이 옷을 주고 갔어요. 전 귀한 아들이거든요."

"그래. 그렇구나. 그래, 나도 귀한 아들이긴 했지."

꼬마는 다시 짜증스런 표정을 지었다. 말을 하지 않아도, 니 까짓 게 무슨 귀한 아들이냐고, 넌 나와 다른 버러지라고 얼굴에 써 있었다.

'멀쩡한 것 같은데 제대로 미친 놈일세.'

피로가 몰려왔다. 사흘간 나는 잠을 잔 것도, 깨어있는 것도 아닌 상태였다. 두려워서 제대로 잠들 수도 없었고, 잠이 드는지 정신을 잃는지 분간할 수 없게 어설프게 잠들곤 했었다.

'오늘 밤에는 아주 오랜만에 깊은 잠을 자겠구나.'

나는 자리에 누우려고 했다.

"아저씨! 식당은 이쪽이예요. 식사를 마쳐야 잘 수 있어요."

"그래, 고맙다. 다 먹고 자야지."

하지만 그럴 수는 없었다. 내 옆자리의 미치광이 소년 때문이었다. 처음에 친절하게 자리를 안내해준, 아무리 많이 봐도 아직 이십대 초반으로 보이는 소년, 아니 청년. 키가 몹시 작아 별명은 '꼬마'였다. 이 녀석은 거의 정상으로 보였다. 이상스레 느릿하게 걷는 다른 환자들과는 달리, 걸음도 건강해 보였고, 말하는 것 역시 목소리가 너무 가늘어서 이상스럽다 뿐이지 별다른 문제는 없어 보였다.

그러나 취침시간이 되어 내가 쓰러져서 잠이 들기 전, 녀석이 내게 말을 걸었다.

"아저씨, 이런 데 온 거 처음이예요?"

'이런데'라니. 정신병원을 말하는 것인가? 아니면 인권이 말살된 감옥같은 곳을 말하는 것인가? 아니면 여러 사람이 함께 생활하는 곳?

"글쎄다, 하도 막 굴러 다녀서."

"저는 여러 번 왔어요. 전에는 교도관이 있었는데, 이번에는 간호사들이 있어서 좋아요."

간호사? 설마 저 툭하면 사람 후려치는 기도들을 말하는 것인가? 그리고 잠깐만, '교도관'이라니?

"전에는 어디에 있었길래?"

"교도소에 있었어요. 제가 사람을 죽였다는 거예요. 전 죽이지 않았는데 그렇게들 말했어요."

"어휴, 그런 일이 있었어? 어린 나이에, 억울했겠다."

"네, 너무 억울했어요. 전 그냥 벽돌이나 칼이 있길래 옆에 자던 사람들 머리를 내리찍었을 뿐인데, 제가 사람을 죽였다는 거예요."

순간, 등 뒤에 지르르한 전기가 흐르는 느낌이 들었

다. 이게 무슨 소리지?

"옆에서 죽여라, 죽여라 하길래 전 그냥 내리쳤는데 억울해요. 전 일부러 그런 게 아니예요. 제가 무슨 피해 준 것도 아닌데 왜 그러는지 모르겠어요."

"옆에서 누가 그래?"

"제 머릿 속에서 말하는 누나요. 이름은 슬비예요. 얼굴도 아주 예뻐요. 누나 소리가 자꾸 들리면 제가 따라하게 되는 거예요."

나는 마른 침을 삼키며 물었다.

"요즘도 그런 소리가 들리니?"

"그런 건 말씀드릴 수 없어요."

나는 이후로 꼬마의 머릿 속에서 이상한 소리가 들릴까봐 밤에 잠들기 전에는 항상 물어보았다.

"요즘도 소리 듣니?"

"몰라요. 들리면 말씀드릴 께요."

덕분에 나는 밤마다 몹시 불안하여 뒤척이기 일쑤였고, 병원 생활 내내 불면증에 시달렸다.

나의 대통령

거기서 며칠 생활하면서 이상한 점을 발견하였다.

먼저 매일매일 모든 환자에게 다 똑같은 약을 준다는 점이었다. 환자마다 다양한 증상이 있을텐데 이상하게도 모두에게 같은 '빨간 약'이 처방되었다. 우리는 그것을 '코끼리약'이라고 불렀다. 그리고 이 병원에 오래 있었다는 환자들은 대체로 비슷했다. 등이 굽고, 걸음걸이가 느렸으며, 말투가 어눌하고, 눈동자의 초점이 흐릿했다. 약의 부작용인 듯 했다.

식사 시간이 끝나면 전체 환자들을 줄지어 세워 놓고, 빨간 약을 나누어 준다. 환자들은 한 손에는 더러운 컵을 들고, 한 손에는 그 약을 받아 먹고, 입을 벌려 약을 삼킨 것을 확인시켜야 했다.

나는 중독만 빼면 정상인이었으므로, 게다가 약을 먹

은 사람들이 망가지는 것으로 추정되었으므로 저 약을 먹고 싶지 않았다. 그러나 입을 벌려 약을 먹게하는 통에, 억지로라도 먹을 수밖에 없었다. 말썽부리다간 어떤 벌을 받을지 알 수 없었기 때문이다. 다시는 그 어두운 방으로 들어가고 싶지가 않았다.

내가 이 약을 먹지 않을 수 있게 된 것은 내 오른쪽 자리, 이 정신병원의 실세 '대통령' 덕분이었다.

내가 다인실에 입원한 후 이틀 째던가, 사흘 째던가. 그는 내게 말을 걸었다.

"새로운 나의 국민인가?"

며칠 간 그를 보아 익히 알고 있었다. 그는 자신이 대통령이라고 믿고 있다는 사실을. 그는 정상일 때는 매너도 좋고 아주 똑똑한 사람이었으나, 가끔 대통령이 되어버렸다. 그러면 각 장관들에게 그날그날의 할 일을 말해주고, 종이컵을 거꾸로 들고 북한과 통화도 했으며, 대국민 성명을 발표하곤 하였다. 같은 병실에 있으면서 모를 수가 없었다.

그날도 내가 그 대국민 성명을 들으면서 웃음 지으며 끄덕이자, 그가 내게 말을 건 것이다.

나는 그의 착각에 걸맞게 대답해 주었다.

"네, 대통령 각하."

그는 내 대답에 대단히 기뻐보였다. 그는 내게 첫 번째 지시를 내렸다.

"가서 창문 밖을 내다보고, 내 국민들이 잘 있는지 둘러보게. 난 항상 내 국민생각뿐이야."

나는 또 그에게 맞추어주었다. 창문밖을 슥, 내다보고 왔다.

"별일 없습니다. 대통령 각하."

그는 대단히 기뻐하였다.

"이번에는 아프리카 사람들을 둘러보고 오게. 나는 항상 그들을 걱정하지."

나는 창밖을 보고 아프리카를 보고 온 척했다.

"아프리카도 문제 없습니다!"

그는 그 자리에서 나를 국방부장관으로 임명하였다.

"총리로 임명하고 싶지만, 거긴 이미 자리가 있어. 당분간 국방부 장관으로 만족하게나."

그는 낮에는 대통령이다가, 밤에 잠깐씩 총리로 돌변하곤 했었는데, 바로 그 총리를 말하는 모양이었다.

"국방부 장관도 영광입니다. 각하!"

대통령은 이 병원에서 가장 오래 있었던 사람이고, 어쩐지 잔꾀가 많은 사람이었다. 덕분에 나는 몇 가지 특혜가 주어졌다. 먼저, 바로 줄 서지 않고 밥을 먹을 수 있게 된 것이었다.

"국방부 장관이 먼저 먹는다."

"그 다음, 교육부 장관이 먹는다."

"문체부 장관은 좀 기다려."

"또 누가 있더라?"

아쉽게도 대통령은 정부부처를 잘 알지 못했고, 그 때문에 장관이 많지 않았다. 소수의 장관들은 다른 환자들이 줄 서 있을 때 성큼성큼 먼저 걸어가서 밥을 먹을 수가 있었다. 맛은 없었지만 말이다.

또한 대통령이 특별히 알려준 '약을 먹지 않는 방법'이 특혜라면 특혜였다.

약을 삼킨 척하고, 혀를 이용하여 어금니와 잇몸 사이에 약을 살짝 끼워 두는 것이다. 그 상태로 입을 벌려도 약이 보이지 않는다. 무사통과. 그리고 조용히 화장실에 가서 약을 뱉어내면 되는 것이다.

이 대통령은 가끔은 북한의 김일성과 종이컵으로 통화를 하고, 가끔은 미국 대통령과 전화를 했다. 아주 가끔은 일본 총리에게 전화를 걸어 욕을 해댔다.

다른 나라 대통령과 욕으로 싸우고 난 후엔, 대통령은 나에게 "선전포고를 하라!", "선제 공격을 하라!"라는 명령을 내리곤 했다. 그럼 나는 알았다고만 대답할 때도 있었고, 그 앞에서 직접 선전포고하는 척을 할 때도 있었다. 어쨌든, 대통령은 자신의 국방부 장관에게 대단히 만족한 눈치였다.

너는 왜 그 어린 나이에

국방부 장관으로 자리를 잡으면서, 나는 벽돌이나 칼로 자는 사람 머리를 찍는다는 꼬마와도 나는 어영부영 친해졌다.

그런데 슬슬 궁금해졌다.

'이 어린 나이에 이 애는 왜 여기에 있는 것일까?'

그러나 대놓고 물어볼 수도 없는 일 아닌가. 무엇보다 내가 이거 물어봤다고 갑자기 머릿 속에서 저 녀석 죽이라는 소리라도 들리면 어쩌겠냐.

꼬마는 뭐랄까, 완전히 미친 것도 아니지만 완전히 정상도 아닌 상태처럼 보이긴 했다. 굳이 말하면 평소에는 멀쩡한데, 간간이 자신이 과거에 만났던 다른 사람들 이야기를 할 때면 비정상적인 강도의 적개심으로 눈에 광기가 번득였다. 말이 앞뒤가 맞지 않고, 두서가 없어서 이해하기 어려운 수준이었다. 게다가 상황 설명보다는 의식의 흐름을 이야기하는 느낌이었다. 이건 조현병 환자들의 특징이기도 했다. 아주 정밀하게 들으면 거짓말에 과대 망상이라는 것도 알 수 있는 정도였다.

또한 정신질환을 앓는 사람들을 가까이서 보다 보니, 조현병 환자들의 특성을 대충은 알게 되었다. 아주 정상으로 보여도 정신이 나간 사람의 표정이 스쳐지나갈 때가 있는 것이다. 꼬마 역시 대화 중에 즐거운 표정이면서도 가끔씩 눈동자에 살기가 번득이곤 했다. 그럴 때면 확실히, 이 애는 온전하지는 않구나 싶었다. 미소가 소름 끼친다고 해야 하나? 그리고 불안해지면 눈동자가 고장난 시계추마냥 좌우로 빠르게 왔다갔다하는 것 역시, 왜 저렇게 불안해 하는지 모르겠으나 여하튼 정신이 온전하지는 않아 보였다.

하지만 꼬마는 다행히도 착해 보였다. 다른 사람에게 피해를 주지도 않고, 예의도 바르고, 친절하였다. 작은 친절에도 황송하다는 듯이 웃어대는 폼이 마음 약하고 순수한 사람같은 인상을 주기도 했다.

'앤 미치지만 않았어도 그냥 착하게 살 아이가 아니었

을까.'

그것뿐만이 아니었다. 꼬마는 사소한 일에 죄책감을 느끼는 듯, 아주 사소한 실수에도 '아 내가 잘못한 것인가요? 누군가에게 피해를 주면 어쩌지요?'라는 말도 자주 했다. 그러면 조금은 정신이 멀쩡한 사람들은 '아니야, 넌 잊어. 괜찮아.'라고 말해주었다. 너무 미안해하고 죄책감을 느끼니까, 오히려 사람들이 꼬마의 잘못은 금방 잊고 꼬마를 위로하는 것이었다.

물론, 이 많은 장점을 한방에 날려버릴 단점이 있었다. 매일매일 누군가 한 명은 죽도록 미워하며 비난하였던 것이다. 하지만 괜찮았다. 여긴 정신병원이니까. 남의 욕을 좀 병적으로 해도 그러려니 했다. 사소한 일에도 원망을 품고 의미 해석을 괴상하게 해도 별로 신경쓰지 않았다. 그 꼬마가 남의 욕을 좀 심하게 했지만, 워낙 재미있게 말해서 다들 무료함을 달래기 위해 꼬마의 이런저런 비아냥을 재미나게 듣기도 했다.

꼬마는 남이 사소한 실수를 하면 즐거운 표정으로 그것을 재확인하고, 나중에 그 실수를 농담 소재로 사용했다. 사소하게라도 실수를 하면 그 사람은 상당히 모

멸감을 느꼈으리라. 그런데 남의 말을 할 때의 표정이,
그러니까 남의 허점을 발견할 때 꼬마의 표정은 과도하
게 즐거워 보였다.

　게다가 꼬마는 중독 빼면 정상인 나에게는 깍듯이 대
했지만, 완전히 미친 사람들에게는 약간 잔인했다. 사
람 대접을 해주지 않았다. 대놓고 무시하고 경멸하고,
괴롭혔다. 이 역시 자식이 있는 나는 아주 이해가 되지
않는 것은 아니었다.

　'어린 나이에, 미친 사람들 속에 있으려니 너무 힘들어
서 그렇겠지.'

　내 나이에, 이런 어린 아이의 기행, 그것도 정신 병원
에 갇힌 아이의 기행에 대해 가타부타 말하면 무엇 하
겠는가. 나는 그냥 아이가 가엾다는 생각이 들었다.

　어느 날, 꼬마가 갑작스레 내게 물었다.

　"아저씨는 멀쩡해 보이는데 왜 여기에 들어왔어요?"

　"나, 가족들이 여기에 보냈어."

　"왜요?"

　"주식을 못 끊어서."

그래. 단순한 문제였다. 가족들은 주식 중독 때문에 나를 이 병원에 입원시킨 것이다.

"그런데, 너는 여기에 왜 들어왔냐?"

나는 별 생각 없이 물었다. 꼬마가 먼저 내가 들어온 이유를 물었기에, 나도 이유를 묻는 것이 자연스럽다고 생각했었다. 그러나 방금 전까지 헤실헤실 웃던 꼬마의 표정이 순식간에 싸늘해졌다.

"아저씨는 왜 그런 걸 물어요? 남의 사생활을 묻는 것은 실례 아닌가요?"

갑자기 꼬마의 말투가 날카로와졌다.

'아니, 왜 이러지? 자기가 물어봤길래 나도 물어본 것인데. 아차, 여긴 정신 병원이었지.'

내 눈앞에 있는 꼬마는 정신병자다. 그것도 아주 심각한 피해 망상증에 조현병. 이걸 생각하니 나는 쉽게 대화를 포기할 수 있었다.

'뭔가 굉장히 아픈 사연이 있거나, 굉장히 말하기 싫은 일이 있었나보다. 아마도 정신병의 이유가 된 어떤 사건이 아직도 상처로 남았을 수도 있지.'

"응, 아니야. 나 물 좀 마시고 올게."

"다녀오세요. 근데 아저씨!"

꼬마는 별 일 아니라는 듯이 나를 불렀다.

"왜?"

"남의 일 캐묻고 쓸데 없이 퍼트리면 명예훼손에 돈도 물어야 하는 것 아시죠? 재판비도 다 아저씨가 내야해요."

미쳐도 참신하게 미쳤구나.

꼬마는 이랬다. 종종 과도하게 예민했고, 그 예민함 뒤에는 괴이한 논리도 따라왔다. 이건 꼬마와 같은 병실을 쓰는 내내 느꼈던 것이다.

나는 그와 말다툼을 하지 않기로 결심했다. 너무 복잡하게 말을 지어내고, 말도 안 되는 소리를 대단히 정성스럽게 지껄여대는 통에 같이 미쳐버릴 것 같았으니까.

꼬마는 병원 내에서 담배를 파는 중개 역할을 했다. 병원에서 환자들이 무슨 담배냐고? 내가 있던 병원에서는 인권을 침해하며 엄격하게 규제하는 대신, 환자들의 숨통을 조금은 틔울 수 있게 꼼수를 부렸는데, 그게 바로 흡연실이었다. 입원한 환자들은 마음껏 담배를 피울 수 있었다.

 다만, 담배를 대놓고 안에서 팔지는 않았기에 밖에 나가서 사와야 했다. 하지만 환자들은 밖으로 나갈 수가 없었다. 그래서 주로 병원 직원들이 담배를 사와서 환자들에게 팔았다. 담배가 부족할 때는 한 개비에 만 원에 거래되기도 하였다. 꼬마는 직원들이 사 온 담배를 보관해 두었다가 환자들에게 팔고, 돈을 직원들에게 건네는 역할을 하였다.

 이 꼬마에게 가장 많이 담배를 사는 것은, 우리의 대통령 형이었다. 그는 이 병원에 가장 오래 있었으며, 또한 가족들의 지원이 든든한 편이어서 병원 내에서 가장 부유했다. 그 덕에 그는 병원에서 왕노릇할 수 있었는지도 모른다.

 "꼬마 국민! 이리 와봐."

 "꼬마가 누구예요?"

 "담배를 대령하라!"

 "여기 있습니다. 이만 원이예요."

 "다섯 개를 대령하라."

 꼬마는 다른 사람들보다 대통령에게 좀 더 비싸게 받

았다. 그러나 대통령 형은 잘 모르는 듯 했다. 형은 정상일 때는 똑똑하고, 가끔씩 정신이 나가면 저렇게 대통령이 되는 것인데, 정상일 때나 정신이 나갈 때나 마찬가지로 꼬마에게 속아넘어갔다.

나는 이유가 궁금했다.

"왜 대통령에겐 더 많이 받아? 비싸야 만 원인데."

"건방지게 꼬마라고 불러서 그래요. 언젠가는 혼내 줘야지."

나는 이럴 때면 약간은 뒷목이 서늘해졌다. 이 꼬마는 좀 유별나다. 이 사소한 이유 하나로 앞에서는 네네하며 굽신거리지만, 실제로는 바가지를 씌우고, 다른 사람들에게 험담을 해서 은근히 따돌리며, 속으로 이를 갈고 있었던 것이다.

'그래, 여기는 정신 병동이지. 아니다. 바깥 세상이라고 크게 다를 게 뭐가 있겠어?'

약자에게 잔인하고, 강자 앞에서 약한 이 꼬마는 직원들에겐 싹싹하니 잘했다. 직원들에게 싹싹하게 하는 이유를 본인은 자기가 '예의가 바른 사람이라서'라고 말했다. 그 예의는 약자 앞에서 갑자기 사라지곤 했지만 말이다.

 하지만 누가봐도 맛이 간 이 꼬마를 예의가 바르다는
이유로 신뢰할 수가 있겠나. 꼬마가 직원들의 신뢰를
얻은 것은 돈과 관련이 있었다. 꼬마는 담배 판매책이
었고, 그 수익금을 계산하면서 꼬박꼬박 정직하게 계산
한 모양이었다. 특히 날 먼지나게 패던 기도와 이 녀석
은 유난히 돈독했다. 꼬마는 기도를 '주사님, 주사님'하
며 잘 따랐다.

 "여태까지 한 푼도 안 떼먹은 건 너뿐이다. 가져라."

 기도는 가끔 그렇게 꼬마에게 푼돈을 건네주곤 했다.
이 덕분인지 녀석은 신뢰를 얻어 가끔 외출도 할 수 있
었다. 물론, 외부에는 비밀이지만 말이다. 녀석이 밖에
나갔다오면 언제나 담배며 작은 술병을 사들고 들어오
곤 했다. 꼬마는 술을 고래처럼 마셔댔고, 담배는 모두
환자들에게 비싸게 팔았다.

 덕분에 꼬마는 병원 내에서 대통령 다음으로 부유했
다. 하지만 꼬마는 자신의 부유함이 가족 덕이라고 말
하곤 했다.

 "우리 엄마가 원래 돈이 많아요. 계속 돈을 보내주니

까, 난 넉넉해요. 저번에는 엄마가 까르치치에 시계를 사준다고 했는데, 제가 병원에서는 필요 없다고 했어요. 지난 번에 엄마가 벤티츠 차를 사준다는 것도, 병원에서 잘 쉬다 나가면 달라고 그냥 열쇠를 엄마에게 맡겨 두었어요. 여기서는 드라이브를 하기가 어렵잖아요. 그렇지요?"

뭐, 정신병자의 헛소리겠지만 어쨌든 꼬마가 병원 내에서 넉넉하게 돈을 쓴 것은 사실이었다.

그러나, 이 부유함은 오래가지 못했다. 기도와 꼬마의 작당이 실장에게 걸린 것이다. 담배 판매 수익을 기도에게 건네는 바로 그 순간에 실장이들이 닥쳤다.

"이 정신 나간 놈들 좀 봐라? 환자랑 직원이 같이 담배를 팔아? 야, 너 저 대통령에게 한 개비에 이 만원에 팔았다며? 이 꼬마 사기꾼아. 저 미친 녀석이 나에게 이만 원 짜리라며 담배 한 개비를 주더라."

뒤에는 대통령 형이 민망하게 서 있었다.

이 말을 듣고 기도는 꼬마를 쏘아보았다. 기도는 담배가 만 원이라고 알고 있었을 것이다. 꼬마는 대통령에게 담배를 팔 때마다 중간에서 만 원씩 돈을 가로챈 것이다.

"이만 원?"

"거짓말이예요. 그는 제정신이 아니예요. 전 최선을 다했어요. 전 미친 사람에게도 예의 바르게 하려고 했어요. 그러나 그 자식이 제 돈도 빼앗아 갔다고요. 빼앗긴 돈이 이만 원이예요!"

말이 끝나기가 무섭게 실장은 꼬마의 뺨을 때렸다. 기도는 약간 놀란 표정을 지었으나 자리에서 움직이지는 않았다.

"미친 새끼가, 어딜 정상인 행세를 해?"

실장이 특별히 꼬마만을 싫어한 것은 아니었다. 그는 공평한 사람이었다. 공평하게 모든 환자들을 싫어하고 경멸했다. 실장에겐 우리 모두 정신병자일뿐이었다. 다만 대통령 형하고만은 가끔 말을 섞었지만.

"야, 쟤 웃옷 벗겨라. 왜 사복을 입고 있어? 정신병 환자 주제에."

"네. 알겠습니다."

기도가 꼬마의 옷을 벗길 때, 주머니에서 돈이 우수수 쏟아졌다.

"이것 봐라? 꽤 많이 모아두었네? 압수야, 이 정신병 자야."

실장은 꼬마가 꼬깃꼬깃 모아둔 돈을 다 가져갔다.

"돌려줘요!"

기도는 돈을 보자 더욱 당황하였다. 기도의 심부름을 하느라 모은 돈이었기 때문이다. 그 돈과 자기는 상관 없다고 발뺌하고 싶었을 것이다.

"이 어린 녀석이 그러는지 몰랐습니다. 제가 교육시키 겠습니다."

실장은 표정도 변하지 않았다.

"둘 다 경고야. 이번만 그냥 넘어가 준다. 야, 뒷처리 는 니가 알아서 해."

"네! 알겠습니다!"

기도는 실장이 보라는 듯이, 가혹하리만치 꼬마를 심 하게 때렸다. 한 대 칠 때마다 작은 몸이 말라죽은 나뭇 가지처럼 힘없이 픽픽 쓰러졌고, 꼬마의 비명은 괴기하 게 복도에 울려퍼졌다.

그날 기도는 꼬마를 하루종일 독방에 감금하였다. 내 가 갇혔던 그 방에.

이후로 꼬마의 담배 판매 중개는 금지당했다. 기도는 꼬마의 옷도 환자복으로 억지로 갈아 입혔다. 외출도 전면 금지되었다. 꼬마는 급박하게 '개털'이 되었다. 엄마가 부자라 용돈을 많이 준다고 자랑하더니, 이후로 단 한 푼도 손에 쥐지 못했다. 부모의 지원을 전혀 받지 못하는 것이 분명했다.

침울하게 웅크리고 있는 걸 보니, 내 자식들이 생각났다. 어린 게 고생하는 게 불쌍해서 나는 가끔 돈을 조금씩 쥐어 주었다.

"과자나 좀 사먹어라."

아, 스무살이 넘으면 과자 사먹을 나이는 아니었지. 하지만 아무래도 상관없었다. 그냥 돈을 좀 주고 싶었다. 자기가 알아서 뭐라도 사먹거나 필요한 데 쓰면 될 것이다.

그렇게 며칠이 지난 후, 점심을 먹고 병실에 들어가니, 꼬마가 침대 구석에서 울고 있었다.

그냥 지나칠까 하다가, 너무 큰 소리를 내며 울길래 나는 물어보았다.

"무슨 일 있냐?"

"아저씨, 저 좀 도와주세요."

왜지? 자기 사정 말하라면 항상 예민하던 녀석이 도와 달라고 말할 때도 있네?

"주사님이, 아니, 간수 아저씨가 자꾸 만져요. 너무 싫습니다."

이게 대체 무슨 소리지?

간수라면, 저 간호사인 척 하는 기도를 말하는 거야?

아니, 이 꼬마는 저 치를 간수라고 불렀잖아. 맞아?

오만 생각이 다 났다. 하지만 입 밖으로 말이 나오지를 않았다.

너를 보호하기 위해서

나는 꼬마를 데리고 병실을 나갔다. 마침 자유 시간이라, 우리는 병원 내부를 잠시 거닐었다. 다른 사람들의 귀를 피하기 위해서였다.

인적이 뜸한 곳에서 나도 꼬마도 입을 열었다.

"무슨 일이니?"

"간수 아저씨가 자꾸 만져요. 너무너무 싫습니다."

"언제부터니?"

"10월 10일부터예요."

10월 10일에 무슨 일이 있었는지 기억이 나지 않았다. 솔직히 말해서, 병원에 들어온 이후, 달력이 없어 날짜가 어떻게 가는지도 모르고 지내온 나에게 10월 10일이란 말은 아무 의미가 없었다. 꼬마에겐 과연 의미가 있을까? 그날 너무도 충격적인 일이 있어서 기억하는 것일까.

"자초지종을 이야기해봐라."

"그러니까 제가 간수 아저씨랑 담배를 파는데, 저는 그냥 아무 생각 없이 정직하게만 일했는데, 근데 간수랑, 간수 아저씨랑 실장님이 말을 이상하게 해가지고, 그냥 저는 간호사 언니들이랑요….."

대체 무슨 소리지? 평소에는 웃긴 말도 잘 하고, 남의 말실수까지 지적질하던 꼬마는 자신이 어떤 피해를 입었는지 말하라고 하니, 횡설수설을 했다.

나는 인내심을 가지고 한참 그 횡설수설을 귀담아 들었다. 말하는 게 혼란스럽기는 한데, 대충은 알아들을 수 있었다.

"그러니까, 저 놈이 너를 만지고 희롱했다는 것이지?"

"맞아요! 그거예요. 근데 저는 처음에는 담배를 가지고 잘하니까 잘 팔았다가, 기도랑 간수랑 실장님이 저에게 말을 해서 안 팔려고 했는데, 계속 팔라고 해가지고, 엄마가 돈을 계속 보내주었는데요, 전 돈이 있어도 정직하게 팔았는데 실장님이 저에게 막말을 하고 누명을 씌워가지고…."

이건 또 무슨 소리지? 대체 어떻게 누명을 썼다는 이야기일까. 도무지 알아들을 수가 없었다. 정신질환자의 거짓말이거나 과대 망상일 수도 있다. 그러나 마지막에 꼬마는 이렇게 말했다.

"그래서, 실장님이 저를 너무 만져서 도망 나왔어요!"

저렇게 딱 한 마디만 말이 되게 말하고, 꼬마는 다시 횡설수설을 했다.

얘가 왜 이럴까? 아, 그래. 너무 충격적인 경험을 해서, 그걸 도무지 말로 표현할 수가 없는 것이로구나. 아니지, 혹시 원래 정신이 어지러운 아이니까, 원래 이런 일은 정리가 잘 안 되는 것일 수도 있겠지.

꼬마는 말을 멈추고 마구 흐느껴 울었다. 거의 비명처럼 울어대서 더는 말을 건넬 수가 없었다. 난 그 모습을 보며 연민이 그득 느껴졌다.

'꼬마'는 그냥 별명이다. 외모를 보면 꼬마지만 나이는 이미 스무살이 훨씬 넘었다. 청년이라고 불러야 옳겠지. 그러나 내 아들이 중학교에 다닐 때보다 더 작은 키에 하얀 피부, 빨간 입술을 가진 불우한 청년. 이렇게 젊은 나이에 정신 병원에 갇혀서, 더러운 짓이나 당하다니, 한숨이 나왔다.

그냥 넘어갈 수가 없었다. 비록 지금은 내가 주식 중독으로 빌어먹을 놈이 되었지만, 난 원래 불의를 보면 못 참는 성격이다. 게다가 어린 아들이 있는 내가, 어떻게 이런 일을 그냥 지나칠 수가 있단 말인가.

'곧 환자들을 소집해서 결단을 내야겠다.'

하지만 이럴 때 이 젊은이에게 무어라 말해야할지는 모르겠다. 그냥 둘이 걸었다.

꼬마는 말이 없다가, 갑자기 돈 많은 대통령 형을 욕하기도 했다. 엄마 자랑을 하기도 했다. 그러다가 다시 침묵하기를 반복했다. 말하는 게 무언가 산만해 보였다. 얘는 왜 이렇게 대통령 형을 싫어할까. 이유를 알 수가 없네. 반말을 하는 사람이 그 형 하나도 아닌데 말이다.

"그거 알아요? 대통령 형이 왜 미쳤는지?"

"모르겠는데?"

"서눌대 법대 출신이래요. 그런데 고시 공부하다가 갑자기 저렇게 돌아버린 거래요. 원래 고시 공부하다가 안 되면 저렇게 정신줄 놓는 나약한 녀석들 많아요. 나 같이 좋은 부모님 밑에서 부유하게 자란 사람들하고 아

131

주 다르지. 절라 무능한 게, 자기 주제에도 안 맞게 고시 공부하다가 미쳐버린 거지 뭐."

"스트레스가 많아서 그랬겠지. 하지만 가끔씩만 대통령이 되고, 안 그럴 때는 되게 똑똑하잖아."

"가끔씩이라니요? 매일 대통령 놀이 한 번씩은 하는데? 그 정도면 완전히 미친 거지요. 그런데 세상에, 내가 저번에 말 시켰는데, 형이 대답해가지고, 완전히 미쳤어요! 나 좀 봐. 나 걷는 것 좀 봐줄래요? 이거 봐바요."

볼 게 없었다. 뭘 보라는 건지 따질 필요는 없다. 여긴 정신 병원이니까. 네가 더 미친 것 같다는 말은 굳이 하지 않았다. 난 지금 이 아이를 위로하려고 함께 있는 것이니까.

그러나 무능하다니. 형은 한눈에 똑똑해 보이는 사람이었다. 실제로 멀쩡할 때는 몹시 똑똑하고 아는 것도 많았다. 병원에서 어떻게 영리하게 지내야할지 나에게 알려주어 나는 비교적 편하게 지내왔다. 병원에서 주는, 뇌신경을 망가트리는 것으로 의심되는 빨간 약을 먹지 않는 방법을 알려준 것도 대통령 형이었다. 돈도 있고, 머리도 좋고, 다른 환자들을 잘 다루는 편이라, 기도도 그를 함부로 대하지 못했다. 오직 한 명, 이곳에서 가장 젊은 남자, 그러니까 담배 판매를 하던 이 꼬마만이 형을 은근히 능멸했는데, 형은 아는지 모르는지 이 아이에게 아무 말도 하지 않았다. 나는 그것이 좀 이상하긴 했다.

'이상해. 이 병원에서 형은 아무도 함부로 대할 수 없는 사람인데, 왜 이 아이한테만은 약하게 굴까?'

꼬마는 내 의문에 아랑곳 없이 대통령 욕을 늘어 놓기에 여념이 없었다.

그 쓸데 없는 소리를 듣고 있는데, 식사 시간을 알리는 벨이 울렸다.

"밥 먹으러 가자."

꼬마는 말 없이 따라왔다.

말 없이 쫄래쫄래 따라오는 꼬마, 겉보기엔 어린 소년 같고, 실제로는 대략 대학교 복학생 나이일 젊은이가 안쓰러워졌다.

'한참 잘 먹을 나이에, 이젠 간식 신청도 못하고 식당 밥 세끼만으로도 괜찮으려나.'

꼬마는 부모에게서 지원을 받지 못하는 것이 확실했다. 가족 입장에서 병원비는 무료이니, 그냥 병원에 입원 시키고 아무 것도 해주지 않고, 심지어 찾아오지도 않는 것이다.

'그래, 이번에 소집 한 번 하고, 한번 제대로 조지고 환자들 간식도 제대로 이야기 해야겠다.'

국가에서 환자 한명 당 정신 병원에 직접 주는 입원비가 60만 원. 입원한 정신질환 환자에게 직접 주는 돈이 40만 원. 이 40만 원은 병원에서 '환자 부담 입원비' 명목으로 모두 가져 간다. 그러니 병원 입장에서는 한 사람당 한 달에 100만 원씩 받는 것이다. 그리고 여기에 입원을 시키면, 가족들은 돈을 내지 않아도 된다. 골치 아픈 가족 구성원을 이 병원에 넣어두고, 돈도 들지 않고, 뒤치다꺼리도 하지 않아도 된다. 그렇게 가족들은 환자를 잊어버린다. 환자가 죽어도 가족들에게 전화 한 통으로 상황이 정리되는 경우도 많았다.

그래, 이곳 사람들은 가족에게 조차 버림받은 사람들이었다.

얼굴이 하얗고, 키가 몹시 작고 빼빼 마른 꼬마, 아니

이미 청년의 나이지만 키도 너무 작고 목소리도 변성기 전인 듯이 들려, 꼬마처럼 보이는 이 사람도 역시 가족에게 버림받은 사람이었다.

가족의 골칫덩이였다는 뜻이다.

식당에 도착하니 환자들은 이미 줄을 서서 약을 받아먹고 있었다. 나는 형이 가르쳐준 방법 그대로 오늘도 약을 먹지 않았다. 그러나 형은 꼬마에게는 이 방법을 말해주지 말라고 신신당부하였다. 반드시 기도 귀에 들어간다고 했다. 그래서 나는 여태 꼬마에게 이 방법을 알려주지 않았다. 여하튼, 우리 둘이 마주 앉아 밥을 먹는데, 대통령 형도 옆자리에 와서 앉았다. 병원 내에서 형의 베프는 나였고, 우린 자주 그렇게 옆에 앉아서 밥을 먹었다.

형이 앉자마자, 비상벨이 울렸다. 식사 시간에 대체 무슨 비상 상황이 있단 말인가. 병원이 폭파되나? 좋은 일이네 뭐. 그러나 비상벨은 이상할 정도로 그치질 않고 계속 울렸다. 밥 먹는데 요란하게 소리가 울리니, 가뜩이나 부실한 반찬에 맛없는 밥이 넘어가질 않았다.

"무슨 소리지?"

난 형에게 물어 보았는데 옆 자리에 앉은 싸가지 없는 꼬마가 대답했다.

"몰라요. 신경 끄고 그냥 먹기나 해요."

불쌍해서 봐준다.

대통령 형이 혼잣말을 하듯 중얼거리며 내 질문에 대답해 주었다.

"환자 셋이 없어졌다 그러던데? 아까 줄 섰는데 기도가 세 명이 모자르다고 하더라? 너네 둘은 몇 분 늦는다고 내가 이야기 해서 괜찮았고."

"그 사람들 어떻게 된 걸까요? 형?"

"어떻게 되긴. 잡히겠지. 이 대낮에 도망가긴 어딜 가겠냐. 정신도 몸도 온전치 않은 사람들이. 그거 때문에 사이렌 요란하게 울리는 걸지도 몰라. 환자들 불안해서 더 우왕좌왕, 도망 못 가게 하려고."

사이렌 소리가 그치고 밖에선 삑삑 호루라기 부는 소리가 들렸다. 잡혔군. 심드렁하게 숟가락을 입에 넣으려는데, 어디선가 쿵, 하는 소리가 들렸다.

"이게 무슨 소리래?"

내 말이 끝나기도 전에 다시, 쿵, 쿵 하는 소리가 연달아 들렸다. 그리고 일순간, 고요해졌다.

"뭔 일이지?"

직원이 우리에게 소리를 질렀다.

"거기! 잡담 말고 밥이나 먹어라!"

잡담도 금지하다니, 무슨 일이 있긴 있나 보다. 대통령 형은 내 궁금증을 알기라도 하는 듯이 중얼거렸다.

"아마 잡혔나보다. 근데 좀 심각한 것 같은데?"

창문 밖으로 실장의 말소리가 들렸다.

"김주사, 이거 치워."

"네 알겠습니다."

나를 쥐어 팼던 기도의 목소리도 들렸다. 환자들 중 몇몇은 창문 밖을 내다보기 위해 자리에서 일어나 북쪽 창가로 몰려들었다.

북쪽 창문 바깥은 환자들이 드나들 수 없는 곳이었다. 담벼락 바로 옆에 있는 작은 뜰이고, 담벼락은 절대로 환자들이 넘어서는 안 될 것이니까 말이다.

'저쪽이면, 탈출 시도인가?'

불길한 예감 반 호기심 반으로 다른 환자들과 함께 창

문 밖을 내다보았다. 설마, 설마 하면서.

창문 밖을 내다보는 순간, 나는 온몸이 얼어붙는 듯 했다. 이럴수가. '이거 치워'라는 말은 시체 3구를 두고 하는 말이었다. 세 구의 괴이하게 고꾸라져 망가진 육체 옆에는 쓸모 없이 약해 빠진 커튼이 찢겨져서 시체들과 함께 널부러져 있었다.

놀라서 아무 말도 하지 못하는 나에게 대통령 형이 다가와 말을 걸었다.

"커튼으로 줄을 만들어서 벽을 타고 탈출을 시도한 모양이다. 출중아, 너도 알아 두어라. 여기 있는 물건들은 제대로 된 것이 없어. 탈출을 도와줄 수 있을만큼 견고하지가 못해."

실장은 상황을 대충 보고 나서는, 건조한 목소리로 아무렇지도 않게 말했다.

"내가 가족에게 전화해야 겠다. 죽었다는 전화 받으면 그 사람들 좋아할지도 몰라. 야! 넌 여기 빨리 정리해라."

"네, 알겠습니다."

실장이 자기 방으로 들어가는 모양이었다. 대통령 형

은 슬며시 식당을 나가 실장의 방으로 따라 들어갔다. 법을 전공한 형이 가끔씩 실장의 개인 업무에 도움을 주었다는 말은 들었다. 그래서인지 실장은 이 병원에서 유일하게 대통령 형에게만은 적당한 인간 대접을 해주곤 했다. 가끔씩이지만 말이다.

"너희들은 다들 자리에 앉아, 먹어!"

직원들이 환자들에게 윽박질렀다.

나는 하릴 없이 자리에 앉았으나, 밥이 넘어가지 않았다. 그러나 몇몇은 사람 죽은 것을 보고서도 자기 자리에 앉아 꾸역꾸역 밥을 먹었다. 그걸 보며 여기가 정신병원이라는 사실을 실감했다.

꼬마는 뭐가 그리 신났는지 즐거운 표정으로 창밖을 내다보고 있었다.

"찌질한 놈들."

꼬마는 죽은 사람들을 욕하고 있는 것이다. 무언가 고소하고 기분 좋은 표정이 역력했다. 그 욕도 쉽게 그치지 않았다.

"찌질해가지고 죽을 때까지 민폐네, 븅신들. 그냥. 하긴 저렇게 못나게 사느니 죽는 게 낫지 않나? 잘 된 거지, 뭐."

기가 찼다. 하지만 티를 내지 않고 나는 물었다.

"왜 그래? 저 사람들하고 사이가 안 좋았어?"

내 질문에 대답하지 않고 꼬마는 나를 노려보았다.

"아저씨, 나를 뭘로 보는 거예요? 왜 아무 말이나 해요? 무슨 말을 해야할지 분간도 못해요?"

뭘로 보긴. 겁나 개싸가지로 보고 있지. 그리고 남 험담은 맨날 입에 달고 다니면서 누가 자기 이야기만 하면 학을 떼는 미친놈으로 보지.

할 말은 많지만, 나는 입을 열지 않았다. 미친놈과는 설왕설래할 필요가 없기 때문이다.

꼬마는 나를 노려보더니 자기 자리로 돌아가 밥을 먹었다. 몹시 잘 먹었다.

난 먹을 수가 없었다.

나는 방금 전까지만 해도, 기도에게 성추행 당한다는 꼬마를 도와줄 궁리를 하고 있었다. 하지만 지금은 저어리고 미친 녀석을 동정해야 하는 걸까, 아니면 무시해야 하는 걸까 갈등하는 중이다.

악몽같은

밤새도록 어디선가 쿵, 쿵 하는 소리가 악몽처럼 들리는 듯한 착각이 들었다.

'그들의 시신은 지금쯤 어떤 취급을 받고 있을까. 살아서도 자기 의사대로 무엇을 하지 못했던 사람들인데 죽어서도 마찬가지겠지.'

나는 거의 뜬 눈으로 밤을 새다가 아침에 늦게 일어났다. 눈을 뜨는데 어디선가 가느다랗고, 기분 나쁜 음성이 들려왔다.

"가족들한테도 버림받은 새끼가 아주 잘난 척을 해요. 이래라, 저래라, 사람 이상하게 만들고, 지도 미친 주제에 왜 꼰대 짓이지? 아무리 미쳐도 그렇지, 남에게 어떻게 예의를 차려야 할지 몰라? 나이 쳐먹어 가지고는."

무슨 소리일까. 이 병원에 있는 사람 중에 가족에게 버림받지 않은 사람이 몇이나 될까. 근데 누구 목소리이지? 변성기도 지나지 않은 소년같은 음성이다. 아, 그 녀석이구나.

"주식 중독 때문이래, 주식 중독. 미쳤지. 돈 벌어서 왜 주식에 다 부어? 빚만 몇십 억이라는데 그것도 뻥이겠지. 저런 거지에게 누가 돈을 빌려줘? 노숙도 했다던데. 꼭 지는 안 미친 거 마냥 뻥 치는데, 그럼 왜 여기 들어와 있어?"

내 이야기인가?

나는 벌떡 일어났다. 내 눈 앞에서, 내가 잠을 자고 있던 바로 옆에서 이 병원 최악의 싸가지, 가장 어린 녀석이 다른 환자들에게 내 이야기를 하고 있었다.

"어휴, 그리고 찌질하게, 나에게 맨날 담배 한 가치만 공짜로 달라고 해. 아니면 한 개 사면 꼭 한 개는 공짜로 달라고 해. 그러니까 반 값에 사가는 거지. 그리고, 나 과자 사먹을 때마다 꼭 옆에 와서 하나씩 달라고 하더라? 거지야, 거지. 주식 부자는 무슨. 아, 그리고 이번에 담배 못 사게 되니까 나보고 기도에게 몸 팔아서라도 담배 하나 구해오라더라? 내가, 돈 필요해서 담배 파

는 줄 알았나? 나 돈 많아. 그냥 봉사하는 거지. 저건,
사람 새끼도 아니야."

단연코, 난 공짜로 담배를 구한 적이 없었다. 과자는
내가 사 준 것이고, 기도에게 성추행을 당했다고 말한
것은 저 싸가지 없는 녀석이었다.

모든 말이 다 허위였다.

나는 호통을 쳤다.

"야! 너 뭐냐?"

"일어나셨어요?"

어이 없게도 꼬마는 내게 밝고 나긋나긋하게 인사했
다. 아무 일도 없다는 듯이. 하지만 다른 환자들은 내게
인사하지 않았다. 나를 보는 눈이 달라졌다. 아무도 내
게 인사하지 않고, 갑자기 그 자리에서 흩어져 버렸다.

'신경 쓰지 말자. 저 싸이코가 누군가를 욕하면 다들
언제나 반응이 저랬고, 저 상태는 5분 이상 지속되질 않
아. 저 새끼도, 듣는 새끼들도 다 정신병자잖아.'

마음을 다독이려고 해도 기분이 가라앉질 않았다. 저
싸이코 녀석이 험담할 때 얼마나 시건방지게 비아냥 거
리는지, 사실과 거짓을 교모하게 섞고 말을 슬쩍슬쩍

만들어내서 사람을 바보 만드는지 잘 알고 있었기 때문이다.

　건너편 침대에는 처음부터 지켜보고 있었을 대통령 형이 있었다.

　나는 따로 형을 불러냈다.

　"형, 저 싸이코가 뭐래요?"

　"신경 쓰지 마."

　"뭐라고 했구나?"

　"그래. 근데, 쟤 내 이야기도 저 모양으로 맨날 떠들어대. 사람들도 차츰 차츰 안 믿는 눈치야. 그러니까, 그냥 신경 쓰지마. 난 뭐냐, 그 담뱃값 바가지 써도 그냥 가만히 있잖니."

　나는 조금 놀랐다. 대통령 형이 담뱃값의 비밀을 알고 있었다. 근데 왜 가만히 있었을까.

　"형, 왜 그렇게 저 애에게 쩔쩔매요?"

　"불쌍해서 그래."

　"저 앤, 형이 불쌍하다는데요?"

　"글쎄, 저 애도 법대에 합격 했었어. 근데, 법학 공부하다가 저렇게 맛이 가버렸었지. 내가 그게 얼마나 힘든지 모르는 사람도 아니고, 어떻게 측은하지 않겠냐. 저 애 엄마는 더해. 저 애 병원비 매달 10만 원 깎아서, 그거 자기 주머니에 넣고, 용돈도 안 준다."

나는 빤히 형을 보았다.

"그거 알면서 왜 내게 말 안했어요?"

"뭐 지저분하게 말해서 뭐해? 저 맛 간 눈 보이냐? 무슨 눈동자가 불량 시계추처럼 움직이잖냐. 저 불안해서 빠르게 꿈지럭거리는 손 보이냐? 쟤가 정상으로 보여? 쟨 가끔은 멀쩡해 보여도, 완전히 맛 간 애야. 그리고 말해주었잖아. 저 애한테 비밀은 절대 말하지 말라고. 저 애는 마음 속이 온통 비참한 애야. 남들이 잘 되는 꼴 절대 못 본다. 원래 유전이 좀 있어서 정신 상태가 좋지 않았는데, 법대 가서 별볼일 없으니까 저렇게 간 거야."

"근데 형은 유독 저 꼬마에게 약하네요?"

"그래 맞아. 내가 야학으로 가르치기도 했었고, 같은 학교 후배다. 저 못난 놈이."

형 말로는 꼬마는 엄마에게 들들 볶이는 어린 시절을 보내다가 형을 만나 공부를 하게 되었다고 한다. 그 전에도 공부를 못하지는 않았지만, 형이 가르쳐 주니 빠르게 성적이 올랐다고. 결국 농어촌 전형으로 형이 다니는 학교로 들어왔지만, 이후로 원체 불안정하던 정신이 더욱 불안정해졌다고.

그런데 정작 같이 사법고시를 준비하면서 꼬마는 완전히 미쳐버렸고, 뒤이어 형도 발작이 왔다고 한다. 기이할 정도로 똑같이 알코올 중독, 과대망상에 시달렸다고 한다.

꼬마에겐 질렸지만 형 이야기를 듣고 보니 약간은 동정심이 생겼다. 게다가, 성추행을 당하고 있다니, 꼬마를 모른척 할 수는 없었다.

'그래. 미친 놈이 뭐 별 수 있나.'

나는 변호사가 될뻔했던 아이에게 간식을 좀 사주었다. 대략의 나이는 그리 어리지 않다는 것을 알게 되었지만, 여전히 내 눈엔 소년같아 보였다. 그는 해맑은 미소를 지으면서 감사하다고 말했다. 방금 전까지 내 흉을 그렇게 보던 녀석이.

'싸이코는 싸이코네.'

이후로도 나는 가끔 간식을 사 주었다. 한 번은 동생

이 담배 한 보루를 보내주었길래, 한 갑은 대통령 형에게, 한 두 개비는 싸이코 꼬마에게 주었다. 그러자 꼬마는 대통령 형에게 모두 팔았다. 전에 없이 아주 비싼 값으로. 그걸 본 나는 더 이상 꼬마에게 담배를 주지 않았다.

그러던 어느날, 다른 환자들이 꼬마에게 물었다.

"너 왜 요즘 돈 안 써? 돈 없어? 담배 못 팔아서 그래?"

꼬마는 금세 낯빛이 변했다.

"내가 무슨 돈이 없어요? 미쳤어요?"

미치긴 다 미친 놈들이지. 너를 포함해서 모두.

녀석에게 돈이 없는 것도 사실이었다.

꼬마는 홱 돌아서 나가버렸다. 뛰어나가면서도 되게 없어 보이게 비난을 퍼붓는 것도 잊지 않았다. 사람들이 다 자기에게 잘못했고, 이런식으로 자기를 떠보는 것은 자기의 신상을 캐려 하는 범죄라면서. 그 소리를 들으며 나는 다시 생각했다.

'피해 망상증이네.'

꼬마가 그러거나 말거나, 나는 슬슬 준비를 해나갔다.

사람들과 함께 이 병원 내의 인권을 개선할 방침을 찾아본 것이다. 두들겨 맞더라도 비품실을 털어 기도가 숨겨 놓은 담배며 술갈은 물품들을 털고, 기도를 겁주고, 할 수 있으면 탈출하기로 하였다. 그나마 멀쩡한 환자들도 설득하고, 병원 정황도 파악했다.

착착 준비가 되어갈 무렵, 나는 이 사실을 꼬마에게는 말하지 말아야 한다고 본능적으로 느끼고 있었다. 그래서 다른 환자들에게도 신신당부했다. 부디, 꼬마는 빼자고. 기도 귀에 들어간다고. 게다가 저 애는 너무 작아서 도움도 되지 않는다고.

그러나 결전의 그날, 꼬마는 나를 불렀다.

"형님! 저 좀 도와주세요. 큰일 났어요."

"무슨 큰 일?"

"사람들이 이제 슬슬 들고 일어날 때라네요. 오늘 명절이라 직원들이 거의 없대요. 그래서 폭동이라도 일으킬 건가봐요. 형님도 대충 눈치는 채고 있었지요?"

"응. 눈치는 챘지."

눈치를 챘다기 보다는, 내가 그동안 사람들을 설득하고 있었다. 굳이 너에게 말할 필요는 없었지만.

"근데, 사람들이 날보고 그 주사를 맡으래요. 전 이제 어쩌죠?"

별명도 '꼬마'인 이 작은 녀석에게 기도를 맡으라니. 사람들 제 정신인가. 아, 여긴 정신 병원이지.

"그래서 넌 뭐라고 했니?"

"잠시만 기다려 달라고 했어요. 하지만 제가 움직이지 않으면, 사람들이 절 어떻게 할지 몰라요. 왜 다들 절 싫어하고 괴롭히려는지 모르겠어요."

아마도 네가 항상 경멸조로 말하고, 거짓말하고, 괴롭히고, 험담해서 그렇겠지, 라고 나는 생각했다. 하지만 지금은 그게 문제가 아니었다. 왜 사람들은 이 힘없는 꼬마에게 기도를 담당하라고 했을까? 게다가, 내가 이 꼬마에게는 말하지 말라고 했는데, 말해버렸네. 뭐, 괜찮겠지. 아직 기도가 모르는 걸 보니까, 앞으로도 말하지 않겠지?

"아마, 평소에 니가 주사와 친하게 지내니까 어떻게 해보라는 뜻이었겠지."

"아저씨는 그게 가능하다고 생각하세요?"

"아니."

"사람들 진짜 너무하네."

"여긴 정신 병원이잖아."

걱정은 걱정이었다. 기도는 거구의 사나이였다. 육탄전이라도 벌어지면 이렇게 작은 녀석이 어떻게 되겠는가. 아마 꼬마는 가장 먼저 죽을 수도 있겠다. 이 녀석이 그걸 계산하지 못했을 리는 없다. 나에게 말하는 것은 아마도 도와달라는 뜻이겠지.

"너, 절대 싸움에는 끼어들지 마라. 주사는 내가 알아서 할게."

내가 이 말을 하자, 꼬마는 좋아서 펄쩍 뛰었다.

"진짜 고마워요. 형님뿐이예요. 최고예요! 근데 시작 사인은 뭐예요?"

"아직 안 정했어. 아마 오늘은 일을 저지르지 않을 것 같아. 그러니까 그냥 잊어."

거짓말이었다. 바로 그날이 결전의 그 날이었다.

"형님, 근데 오늘 명절이라 직원들 거의 없는데, 오늘이 아니라구요?"

꼬마의 얼굴엔 광기가 어른거렸다. 눈은 비열하게 빛났고, 입가는 경멸하는 미소가 떠올랐다. 무언가 사고를 칠 것 같은 표정이었다. 나는 다급한 마음에 아무렇게나 대답했다.

"아니야. 절대. 그리고 어차피 위험하니까 넌 그냥 빠져."

꼬마는 알았다며 돌아갔지만, 난 걱정이었다.

'아무래도 눈치챈 것 같다.'

하긴 거사를 시작하기 전에 고자질 해도 상관 없다. 기도가 물어보면 헛소리라고 여기서 그게 가능하냐고 답하면 될 일이다. 꼬마에게 섭섭한 소리를 했더니 거기 가서 그렇게 거짓말을 하고 왔나보다라고 말하면 된다. 물론, 거사가 이미 시작되면, 기도 혼자서는 막을 수 없을 것이다.

문제는 한번 일이 틀어지면 두 번 계획하기는 좀 어렵지 않을까라는 예측이었다. 하지만 다행히도, 그날 취침 시간까지도 기도는 전혀 모르는 눈치였다.

'말 안했구나. 일이 잘 되려나보다.'

침대에 누운 채로 환자들은 서로 사인을 주고 받았다. 내가 사인을 하면 모두 일어나 출발하는 것이다. 별다른 계획은 없었다. 정신병 환자들을 데리고 뭐 얼마나 치밀하게 계획을 짤 수 있겠는가. 그냥 밀어 붙이는 것이다.

"가자!"

누운 상태로 내가 먼저 입을 여니, 다른 환자들도 우르르 말을 했다.

"오늘 밤, 주사 혼자서 비품실을 지킨다!"

"경비도 제일 약한 녀석이야."

"방금 느낌이 왔는데, 오늘 밤이 아니면 영원히 기회가 없을 것 같다."

"나도 방금 신이 그렇게 말해주었어."

"가자!"

모함

우리 병실 환자들은 모두 벌떡 일어나, 문을 박차고 우르르 밖으로 나갔다. 문을 나서자마자, 소리를 지르고 다른 병실 문을 두드려 환자들을 불러내었다.

병원 복도는 순식간에 환자들로 가득찼다.

병실동에는 온통 환자들뿐이었다. 숙직 간호사도 없었다. 워낙에 관리가 허술한 병원이니, 있어야할 것이 없는 것이 많았다. 게다가 인건비를 아끼느라 의료 인력이 항상 부족했고, 직원들은 모두 피로에 절어 있어 밤이면 자리를 비우곤 했다.

환자들은 신이 나서 더욱 크게 소리를 질렀다. 말하지 않아도, 이들이 향하는 곳은 정해져 있었다. 이들은 '이끌' 필요가 없었다. 가장 가고 싶은 곳으로 그냥 달려가는 사람들이었다. 어디로 가자고 말할 필요도 없고, 말해도 소용이 없을 것이다.

우리는 비품실로 달려갔다. 뒤에서 넘어지는 사람이 있을까봐 신경이 쓰였다. 몸이 성치 않은 사람이 태반이었다. 게다가, 학생 때 데모도 해보았지만, 이런 괴성은 들은 적이 없었다. 잔뜩 흥분했던 나는 그 소리를 듣고 조금 더 이성적이 되었다. 그리고 자책이 생겼다.

'이 사람들, 자기가 지금 무엇을 위해 뛰는지 알고는 있을까?'

이렇게 뭔지도 모르고 뛰다가 다치기라도 하면 큰일이다. 자기가 왜 다치는지 알지도 못할 사람도 섞여 있었다. 게다가, 이곳은 사람이 죽어도 유야무야 아무 일 없는 듯이 지나가는 곳이었다.

내가 가장 앞장서야겠는데, 걸리는 것이 하나 있었다. 내가 그 몫을 대신해주기로 한 사람. 재수 없는데 신경 쓰이는 꼬마.

'꼬마는 어디에 있지?'

아무리 찾아보아도 꼬마는 없었다.

'안 나왔나보군. 아니면 어디에 숨어 있나?'

약아빠진 녀석이라 조금 얄미웠지만 그나마 다행이었

다. 이 정신을 잃은 무리와 기도 사이에 그 녀석이 끼면, 작은 몸집에 무슨 일이 생길지 모르니까.

난 앞장 섰다. 내가 앞장서면 가장 큰 위험은 내가 감당할 수 있고, 뒤에 따라오는 이들은 그나마 안전할테니까. 이렇게 생각하니 마음이 편했다.

'이 빌어먹을 정신 병원. 내가 오늘 환자들을 죄다 탈출 시키던지, 아니면 최소한의 식사와 안전, 모두의 인권을 보장받던지 둘 중 하나는 결단을 낼 것이다! 최소한, 폭력은 없어야 하고, 죽지 않을 정도의 안전은 보장받아야겠어!'

내가 함성을 지르자 다른 환자들도 나를 따라 소리를 질렀다. 나는 아무도 뒤처지지 않도록, 너무 빠르게 달리지 않았다. 다른 환자들도 내 걸음 속도에 맞추어서 따라왔다.

드디어 비품실 문 앞이다. 이 비품실 바로 안쪽에 기도가 숙직을 하는 방이 있었다. 병원의 직원으로서 환자들을 지키는 것이 아니라 물건이나 지키라는 병원장의 사려깊은 처사겠지.

'우리 수가 훨씬 많긴 하지만, 기도와 마주쳤을 때 무

슨 일이 일어날지 몰라. 사람들이 모두 무사할 수 있다는 보장이 없어. 아무렇게나 들어가면 안 되겠어.'

　나는 사람들을 잠시 세우고 정비해서 들어가야 겠다는 생각을 했다. 덩치 크고, 몸을 가누는 데에 불편이 없는 사람이 가장 먼저 들어가고, 몸이 불편한 사람은 뒤에 오게 해야 겠다는 생각이었다.

　나는 비품실 문 앞에 섰다.

　"잠시만!"

　내 외침에 상관없이, 사람들은 나를 밀치고 비품실 문을 박차고 들어갔다. 나는 여러 사람에게 밀려 나동그라졌다.

　바닥에 누워 눈을 뜨고 보니, 환자들은 제정신이 아니었다. 특히 대통령 형은 '그분이 오실' 시간이 되었는지 눈이 완전히 정상이 아니었다.

　"법치주의를 방해하는 것들! 헌법을 훼손하는 것들! 나, 현직 대통령이 이제 응징하겠다!"

　형은 정상일 때는 아주 똑똑하고 사리 분별도 바른 사람이었다. 주변을 깔끔하게 정리도 잘하는 사람이었다. 하지만 저렇게 환상 속의 대통령이 되어버리면, 그때는 아무도 말리지 못한다.

형은 자신이 대통령이기 때문에, 비품실 문이 열리자마자 나를 밀쳐내고 가장 먼저 들어갔다. 제대로 미친 사람의 힘은 당해내기가 어려웠다. 그러나 형이 문을 열자마자 깡, 하는 소리가 났고, 털썩, 사람이 쓰러지는 소리가 났다.

바닥에 내팽개쳐졌던 나는, 소리가 들리자마자 벌떡 일어났다. 비품실 입구에는 형이 쓰러져 있었다. 옆에 두 셋이 더 누워서 비틀거리고 있었다. 비품실 안에서 기도는 강철 야구 방망이를 들고 있었고, 꼬마는 그 옆에 서 있었다.

'꼬마가 먼저 가서 알려주었구나. 그래서 기도가 준비할 수 있었구나.'

저 야구 방망이는 연습용으로 쉬는 시간마다 휘두르던, 꽤 무거운 것이었다.

그는 우리를 기분 나쁘게 노려 보았다.

"이 자식들, 내가 모를 줄 알았냐?"

기도는 분명히 몰랐을 것이다. 그러니 오늘 혼자 남았지. 하지만 방금 전에 알게 되었을 것이다. 꼬마가 말을 해주어서. 그래서 급한대로 저걸 들고 서 있었을 것이다. 이마에 흐르는 식은땀이 그의 긴장을 말해주었다.

하지만 옆에 있는 꼬마는 전혀 긴장한 기색이 없었다.

꼬마는 실실 웃으면서 우리에게 말을 했다.

"여러분, 주사님은 이미 다 알고 계세요. 저도 미리 왔다가 잡혔어요. 오해하지 마세요. 저도 참가하려고 했었는데, 좀 일찍 잡힌 것 뿐이니까요."

왜 이렇게 늦게 기도에게 말했는지 알겠다. 양쪽에 다 인심을 잃고 싶지 않은 얕은 수였던 것이다. 꼬마는 기도를 향해 말을 했다.

"제 말대로지요? 대통령 형이 주모자예요. 그러니까 저 사람이 제일 먼저 들어오지요."

꼬마는 고자질하는 와중에 대통령 형을 모함까지 했다. 게다가 형은 지금 쓰러져 있는데도 모함이 그치질 않고 있다.

사람들은 웅성웅성했다. 뒤에서는 꼬마를 죽이라는 고함이 들리기도 했다. 나도 그러고 싶었다.

하지만 지금은 저 배신자 꼬마가 문제가 아니었다. 나는 아직도 일어나지 못하고 있는 대통령 형에게 다가갔다. 저 강철 몽둥이로 머리를 맞고 이후로 몸을 움직이지 않는 형이 가장 걱정되었다.

설마. 설마.

제발, 신이시여.

형을 일으켜 세우려 했지만, 일어나질 않았다. 눈동자가 이미 빛을 잃은 상태였다. 코에 손을 대보았다. 목에도 심장에도 손을 대보았다.

숨이 끊어져 있었다.

"죽었다."

내 말이 떨어지자, 기도의 얼굴에도 당황한 기색이 역력했다.

난 그의 얼굴을 향해 내뱉었다.

"이건 사고가 아니라, 살인이야."

꼬마가 내 말을 받아 지껄여댔다.

"저 대통령 아저씨가 시켰어요! 저 아저씨가 오늘 밤에 다들 모이라고 했어요! 그러니까 죽어도 할 수 없는 거 아닌가요? 살인이 아니에요. 주사님은 방어한 거라고요."

평소 꼬마는 저 따위로 되지도 않는 논리를 펼 때가 있었다. 그러면서 자기는 논리적이라고 으스대곤 했었지. 이 병원 누구라도 다 논리적으로 이길 수 있다면서. 정신병자들을 이겨서 좋기도 하겠다. 그것도 넋두리를 트집잡아서. 게다가, 본인도 정신병자인 주제에 저렇게 주접을 떨곤 하는 것이다.

　대답할 가치가 없지만, 가만히 둘 수가 없었다. 형의 시신 앞에서 형을 모독하게 둘 수가 없었다.

　"거지 새끼야, 내가 시켰다. 그리고, 폭동이 아니라 뭐라도 사람을 죽이면 안 되지. 법 전공했다면서 그것도 몰라? 아니, 전공이 문제가 아니야. 아예 말도 되지 않는 개소리야. 넌 아무 말이다 갖다 붙이면 되는 줄 아냐? 이 싸이코야."

　작달막한 거지 새끼는 비명을 지르며 내게 덤벼들었다. 나는 한 손으로 더러운 녀석을 쳐냈다. 꼬마는 아까 내가 형에게 밀려 나뒹굴었던 것보다 훨씬 더 멀리 떨어져 나갔다. 그냥 죽어버렸으면 좋겠는데 바닥에서 녀석이 꿈틀거렸다.

　나는 기도에게 슬슬 다가갔다. 다른 사람들도 내 주변으로 모여 들었다. 기도는 야구 방망이를 검처럼 움켜

쥐고 그 끝을 나에게 향했다. 다가오면 죽이겠다는 뜻이겠지. 그래도 나는 기도를 향해 걸었다.

기도가 잘 모르는 게 있었다. 난 고등학교 때부터 검도와 유도, 태권도 등 뭐든 다 배웠고, 평생 훈련해 왔다는 사실을.

기도가 방망이를 휘두를 때, 내가 그것을 받아내었다. 기도의 얼굴에 당황한 빛이 역력했다. 어느새 방망이는 내 손에 들어와 있었다. 나는 방망이를 멀리 던져버리고, 맨손으로 기도를 상대해서 한순간에 제압했다.

개자식의 목덜미를 누르자마자, 살의가 솟아났다. 주체할 수 없었다. 심지어 그 목을 누르는 내 손도 내 마음대로 움직이지 않는 느낌이었다.

미치도록 망가트리고 싶고, 죽이고 싶었다.

'이게 악령의 마음이구나!'

나는 그토록 나를 괴롭히던 악령의 감정을 이날 느꼈다. 죽이고 싶다. 저주하고 싶다. 철저하게 파괴하고 싶다. 도무지 제어가 되지 않는다.

기도의 손도 내 목을 졸라댔다. 별로 힘도 없었지만, 힘이 있다고 해도 개의치 않았을 것이다. 같이 죽으면

161

되는 것이다. 그러면 셋이 싸우다가 죽은 것으로 처리되겠지. 이 병원에선 원래 사람 목숨이 물건처럼 처리되는 것이 아니었던가. 직원이라고 해서 다를까? 그렇지 않을 것이다.

"같이 죽자."

기도의 목덜미를 쥔 손에 최대한의 힘이 들어갔다. 기도는 얼굴이 벌개져서 끅끅거리면서도 내 목을 졸랐다.

그때 환자 여럿이 모여들어 나와 기도 위에 엎어져 버렸다. 나는 나중에는 움직이기가 불편한 처지가 되었다. 덕분에 나는 기도를 죽이지 못하고 손에 힘이 풀려 버렸다.

그렇게 기도와 함께 환자들 아래에 깔려서 운신이 자유롭지 않은 상태로, 나는 꼬마가 비품실의 담배를 훔치는 것을 보았다.

그리고 우리들이 사방에서 몰려드는 환자들에게 깔려서 죽을 고비를 넘기고 겨우 일어나 정비를 할 무렵, 꼬마는 이미 비품실에 없었다.

담배도, 술도 없었다.

고마워 형

꼬마는 다음날 아무렇지도 않게 아침 인사를 했다. 유난히 기분이 좋아보였다. 아마도 다시 큰 돈을 만질 수 있게 되리라 기대하고 있기 때문이겠지. 그러나 꼬마는 열심히 훔쳐간 담배를 팔지 못했다.

왜냐하면, 기도는 우리의 폭동을 눈감아주는 대가로 자신의 살인 역시 비밀에 부쳐달라고 했고, 우리에겐 선물로 담배 한 보루씩이 주어졌기 때문이다.

사람들은 담배 한 보루에 형을 잊고 그저 즐거워했고, 대통령 형에 관해 이야기하는 사람은 아무도 없었다. 형의 시신이 어떻게 되었는지 알 수도 없었다.

신물이 났다. 저 꼬마 녀석은 첫날 자신이 칼로 사람을 죽였다고 말했었지. 저 녀석이 가진 칼은 실제 칼이 아니라, 언어였다. 그는 험담과 이간질과 거짓말로 사람을 죽였다.

그러나 이 억울한 사실을 나는 어디에도 알릴 수 없었다. 난 중독자에 미친 사람이고, 여기서는 외부와 연락할 방법이 없다. 연락할 수 있다해도, 증인도 없고, 누가 내 말을 믿겠는가.

'나는 역시 악령에게 사로잡힌 사람인가? 그럼 나는 왜 살아야 하지?'

살기가 싫었다. 어제 악령의 숨결을 느꼈다 싶을 정도로 강하게 악령의 존재를 감지한 나는 더더욱 죽고 싶었다.

나는 일곱 번째 자살을 시도했다.

지하 화장실에 들어가서 나는 문에 밧줄을 고정했다. 워낙에 관리가 허술한 병원이라, 자살 도구 구하는 것 정도는 어렵지 않았다.

'이번엔 진짜 확실하다. 이제 나는 죽는 방법을 잘 알고 있으니까. 대통령 형! 형 덕분에 나는 빨간약도 안 먹고 여기에서 지낼 수 있었어. 고마워. 조금 있다가 만나자.'

그런데, 이게 무슨 일일까. 사람이 거의 오지 않는 화장실에 인기척이 나더니, 바로 내가 있는 칸 문을 누가 두드리는 것이다.

'누가 또 내 죽음을 방해하지? 이번엔 진짜 악령인가.'

잠시 후, 문짝이 떨어져 나가면서 악령 대신 기도가 들어왔다. 악령이 들어왔어도 내가 그렇게 놀라지는 않았을 것이다. 그가 오히려 더 악령같았다. 눈에 살기가 가득해서는 소리를 질러댔다. 기도는 우악스럽게 나를 들어올려 목줄을 풀었다.

숨이 통하는 순간, 나는 '살았구나' 싶었다. 그가 나를 살려준 것이다. 물론, '어이구 형님 이게 무슨 일이십니까, 사셔야죠.'라고 말하면서 살려준 것은 아니다.

"이 미친 새끼야. 여기서 죽으면 어떻게 하냐? 연달아 죽어서 누구 영업 정지시킬 일 있어?"

그 더러운 화장실 바닥에서 나는 그 싸가지 없는 생명의 은인에게 그야말로 늘씬하게 두들겨 맞았다. 이렇게 맞다가는 곧 죽을 것 같다는 생각까지 들었다. 목매다는 것은 실패했는데, 이 녀석에게 맞아서 저세상 갈뻔했다.

그나마 다행인 것은, 이 자살 시도가 내 인생의 마지막 자살 시도라는 점이다.

너무 맞아서 앓아 누운 나는 며칠이 지나서야 꼬마가 부축해 주어서 겨우 일어났다. 꼬마는 어느새 처음의 친절하고 소심한 척하는 꼬마로 돌아가 있었다. 언제 다시 개싸이코 싸가지로 돌아갈지 알 수가 없지만.

주변을 보니, 형의 죽음에도 아랑곳 없이 정신병원 풍경은 똑같았다.

그리고 나는 이 와중에도 주식을 하고 싶었다.

치가 떨렸다.

나는 반드시 중독을 끊어야 했다.

이 병원에 오게 만든 것이 주식 중독이라는 생각에, 내 인생을 이렇게 엉망진창으로 만든 것이 주식 중독이라는 생각에, 제대로 신물이 났다. 이놈의 지긋지긋한 주식 중독을 끊어야겠다. 조금의 미련도 남기지 말고 끊어야 겠다. 주식 악령이 죽던지 내가 죽던지 결단을 내야 했다.

그래, 전에는 주식을 완전히 끊을 생각은 없었다. 거의 끊지만, 취미로 조금씩 하는 것은 괜찮지 않냐는 생각이었다. 하지만 그건 핑계였다. 아직도 중독에서 벗어

나지 못했기 때문에 그런 생각이 드는 것이다. 뭐든 중
독자에게 '조금'은 치명적인 미련이었다. 알코올 중독
자가 다 끊고 정상 생활 하다가 막걸리 딱 한 잔에 중독
이 도지는 것도 나는 보았다.

'그래, 완전히 끊고 이 지긋지긋한 중독에서 탈출해야
겠다.'

나는 슬슬 몸을 움직이고, 운동을 시작했다.

'우선 여기서 탈출하자.'

나는 매일 취침시간에 누워서 탈출 계획을 세웠다. 병
원 담장을 넘고, 산을 내려가는 것은 쉬웠다. 문제는 산
을 내려간 다음이었다. 근처 경찰서로 가는 것은 의미
가 없었다. 병원과 경찰이 내통하여, 탈출한 환자가 다
시 붙잡혀 오는 것을 나는 본 적이 있다.

그는 완전한 정상인이었지만, 재산 분쟁 끝에 가족들
이 정신병원에 감금한, 억울한 사람이었다. 그는 말도
조리있게 하던 사람이었다. 하지만 탈출했다가 돌아와
서는 늘씬하게 얻어 맞고, 내가 감금 당했던 방에서 며
칠 감금 당하고, 유독 심하게 감시 당하고, 빨간 약을
계속 먹으면서 점점 더 정신병자처럼 변해갔다. 절대로

경찰서에 가서는 안된다.

'우선 감시가 뜸해진 때를 찾아야 한다. 역시 연휴에 환자들이 조금은 빠져 나가고, 직원들 수도 줄었을 때겠지. 그때라면 내가 하나 없어도 금방 눈치채진 못할 거야.'

병원 담장을 넘는 것은 쉬웠다. 병원 담장에 별다른 장치는 없었다. 직원이 적을 때에는 정문으로 나가도 모를 지경으로 관리가 허술한 병원이었다. 나는 이미 병원 주변을 다 파악해 두었고, CCTV 사각지대도 알고 있었다.

'밤에 담을 넘어 탈출하자. 거기까진 쉬워. 그러나 산을 내려가서 바로 터미널로 가지 말자. 거긴 너무 뻔해. 금방 잡힐 거야. 환자복은 너무 눈에 띈다. 순식간에 내려가서, 도착하자마자 바로 차를 탈 수 없다면, 인적이 드문 곳을 따라 걸어야 한다.'

건강을 완전히 회복하고, 나는 드디어 계획을 실행에 옮겼다.

우선, 수중에 있는 몇푼 되지 않는 돈을 모두 주머니에 넣고 잠자리에 들었다. 그리고 한밤에 화장실에 가는 척하며 확인해보니, 명절이라 감시가 더욱 뜸해져 있었다. 그야말로 직원은 아무도 없었다. 다른 환자들은 이상할 정도로 깊이 잠들어 있었다. 병원 안은 불길할 정도로 고요했다.

'오늘은 독한 수면제를 먹였나 보군.'

나는 전체가 먹는 약을 먹지 않아, 잠이 들지 않은 것이다. 다시 한번 약을 먹지 않게 해준 대통령 형에게 감사했다.

나는 화장실에 들어가, 창문으로 탈출하여 건물 밖으로 나갔다. 가스관을 밟고 벽을 타면 어렵지 않은 일이었다.

'건물 뒤로 내려가 조금만 걸어도 담장이다. 원래 밤에는 직원이 거의 없다. 명절이라 더할 것이다. 충분히 들키지 않고 담장을 넘을 수 있을 것이다.'

나는 최대한 조용히, 그리고 빠르게 움직였다. 담장 앞에서도 주저할 이유가 없었다. 어렵지 않게 담장을 훌쩍 뛰어넘었다. 그리고 눈으로만 익혀둔 산길을 따라 마구 달렸다.

한참을 달리고 정신을 차려보니, 어떻게 왔는지도 모

르게 시내였다.

시내에 도착하자마자 나는 의류수거함을 뒤져서 옷가지를 구했다. 천운이었다. 대충 입을만한 옷이 있었다. 그 옷을 입고 터미널에 가보았다. 마침, 바로 출발하는 차가 있길래 무조건 탔다.

안도의 한숨을 쉬고 있는데, 기사가 나를 불렀다.

"거기 ! 맨 뒷줄 앉은 양반!"

머리털이 쭈뼛 서는 줄 알았다.

"거기, 아저씨! 요금 냈어요?"

아, 요금 이야기구나. 기사가 요금을 왜 내지 않느냐고 사납게 물었다. 나는 우선 주머니에 있는 돈 중에 동전 하나만 남기고 다 요금함에 넣었다. 그리고 서울에 도착하면 가족들이 기사님께 돈을 드릴 거라고, 죄송한데 조금만 기다려 달라고 했다. 내가 생각해도 믿기 어려운 말이었다.

'쫓겨나면 어쩌지? 신고라도 하면?'

그는 내 초라한 행색을 아래 위로 보더니 쯧, 소리를 내며 고개를 돌렸다.

버스는 출발했다. 버스는 곧 시내를 벗어나, 고속도로

를 달렸다.

나는 자리에 앉아 기절하듯 잠이 들었다.

서울에 도착한 나는 누구에게 연락을 해야할지 몰랐다. 동생이나 아버지에게 연락했다간, 다시 그 병원에 넣을지도 모른다는 불안이 엄습했다. 나는 사촌 동생에게 연락을 했다. 자초지종을 들은 동생은 나를 데리러 오겠다고 했다.

나는 터미널에 계속 있는 것이 불안해서, 다른 약속장소를 정했다. 터미널에서 떨어진 곳에 있으면서도 어쩐지 병원에서 나를 잡으러 올 것같아 고개를 푹 숙이고 불안스레 기다렸는데, 얼마 지나지 않아 사촌 동생이 도착했다. 예수 믿는다고 나에게 얻어맞고, 무시 당하고, 미친놈 소리를 들었던 동생. 온갖 친척들 경조사에는 다 참석하는 내가 자기 결혼식에만 가지 않았다는 것을 잘 아는 동생이.

나는 병원에서 내내 감시당했던 여파로 아직도 긴장상태였다. 동생을 기다리는 내내, 그리고 마주치는 순간 동생이 나에게 무슨 짓을 할까봐 긴장되었다. 동생을 보고 흠칫 놀란 것이다.

"아니, 형님! 이게 무슨 일입니까!"

동생은 달려와 나를 얼싸안았다. 그는 내 꼴을 보고 눈물을 흘렸다. 주워 입은 옷에, 영양이 부족해 비쩍 마른 몸, 얻어 맞아 여기저기 피멍이 들어 사람꼴 같지 않은 몰골로 나도 같이 울었다.

울면서도 불안해서 나는 동생에게 부탁했다.

"빨리 나를 네 차에 좀 태워주렴. 다시 잡혀갈까봐 너무 무섭다."

동생은 얼른 나를 차에 태웠다. 그리고 동생네 집으로 가는 내내 나는 병원에서 있었던 일을 이야기 했다. 동생은 분노로 눈이 번득였다. 순하기만한 녀석이, 저렇게 화내는 것은 처음 보았다.

"그래, 그런 세상도 있더라."

나는 노숙생활을 마칠 때처럼 동생네 집에서 얼마간 지친 몸을 쉬고, 잘먹고 지냈다.

얼마 지나지 않아, 동생은 손님을 몇 명 데리고 왔다. 공중파 방송사의 취재팀이라고 했다.

나는 병원에서 있었던 일을 술술 다 말을 하고, 인터뷰를 했다. 그리고 내가 정신이 멀쩡하다는 것을 증명하기 위해 기자에게 몇 번의 테스트를 받았다. 내가 말한 것을 글로 써보라는 것이다. 당연히, 나는 미쳐서 들어간 게 아니었기 때문에 쓰고 말하는 것에 아무 문제가 없었다.

얼마 후, 방송사에서는 사설정신병원 문제를 크게 다루었다. 내가 테스트 받느라고 쓴 글은 정신병원에 갇혔던 사람의 유서로 포장되었다. 내 인터뷰 화면도 그대로 실렸다. 유서와 중복되는 부분은 빠지고, 그곳에서 당했던 일들과 내가 탈출한 과정이 주로 나왔다.

사람들은 경악했다. 어떻게 현대 사회에 이런 일이 있을 수 있느냐며 병원에 항의전화를 하고, 관련 기관에 민원을 넣은 사람이 여럿이었다.

그 와중에 병원장의 횡령까지 밝혀졌고, 병원장은 자취를 감추었다. 병원은 곧 문을 닫는다는 보도가 나왔다. 인터넷에서는 이들 환자를 도와주어야 한다는 글이 연이어 올라왔다. 어떻게 구했는지 현재 그 병원에 입원 중인 신원 불상의 환자들 사진도 올라왔다. 이들은 원래 신분도 알 수 없고, 가족도 찾을 수 없어, 다른 병원에 이송될 가능성이 있으니, 지인이나 가족이 있으면 몇월 며칠까지 찾으러 오라는 말이었다.

  그날은 병원이 문 닫는 날이었다.
  그 병원이 문 닫는 날, 나는 다시 병원으로 갔다. 심호흡을 해야 했다. 사촌 동생이 동행해 주었다.
  왜 이 지긋지긋한 곳에 왔냐면, 한 사람을 만나기 위해서였다. 분명 정상이었는데, 탈출 했다가 경찰서에서 잡혀 온 사람 이야기를 전에도 잠시 하지 않았던가. 그 사람을 내가 데려가야 겠다는 생각이 들었다. 그는 의지할 가족이 없었다. 가족들과의 재산 분쟁 때문에 여기에 감금당한 것이니까. 의지할 데가 없는 그는 노숙자 신세가 되거나, 다른 병원으로 이송될지도 모른다. 그렇게 병원생활을 할수록 그는 더 엉망이 될 것이다.
‘그 사람을 구해 내야해. 당분간 사촌동생네 집에 있어도 될 거야.’
  그러나 아무리 기다려도 그는 나오지 않았다.
  한참을 기다리니, 직원들도 하나둘 나왔다. 실장과 기

도는 이미 구속되어 자리에 없다는 것을 이날 알게 되었다.

직원들은 어두운 표정으로 병원을 떠났다. 이중에는 계속 경찰 조사를 받아야하는 사람도 있을 것이다.

'이미 다른 데로 갔나?'

그는 끝까지 나오지 않았다. 그가 죽었는지, 아니면 탈출에 성공했는지, 아니면 가족들이 이미 데려갔는지도 알 수가 없었다.

맨 마지막에는 꼬마가 나왔다. 그는 분명히 다른 사람들 눈에 띄지 않으려고 가장 늦게 나왔을 것이다. 갈데가 없을테니까.

"너, 집에 가냐?"

당연히, 집에 갈 수 있으면 이렇게 늦게 나오지 않았겠지. 나는 이 꼬마의 행태가, 그간의 허풍이 괘씸해서 물어본 것이다. 나도 내가 약간 야비하다고 느껴졌다. 하지만 꼬마를 보자 배알이 틀리면서 말이 툭 튀어나온 것이다.

"네. 갈 거예요."

풀이 죽어서 하는 말이, 아무리 봐도 거짓말이었다.

그런데 불쑥, 사촌동생이 끼어들었다.

"너, 혹시 갈 데가 없니?"

아니, 그런 걸 왜 물어보는가. 그것도 저렇게 따끈한 목소리로. 딱 보면 모르냐. 갈 데가 없지. 왜 쓸데 없이 물어보는가. 설마 데리고 가려고? 아니다. 난 그럴 생각이 없다.

다행히도 꼬마는 거짓말을 했다.

"아니요. 엄마가 데리러 오시기로 했어요."

"그래, 다행이구나."

그러나 우리가 끝까지 기다려, 모든 사람이 다 나올 때까지 꼬마의 엄마는 오지 않았다. 사촌 동생은 다시 말을 꺼냈다.

"곧 병원 문을 닫아버리는데, 여기서 계속 기다릴 수는 없잖니."

"저 아래로 데려다 주세요. 엄마가 터미널로 오시기로 했어요."

갑자기 엄마가 터미널로 온다는 것도 말도 안 된다. 사촌 동생은 그걸 눈치 챘는지 못 챘는지 아무 말도 하지 않았다. 착한 동생은 나와 함께 꼬마를 자기 차에 태웠다. 우리는 터미널에 가서 한참을 다시 기다렸다.

"엄마가 오실 때까지 빵이라도 먹으면서 기다리자. 배고프지?"

이런 거지에게 빵을 사주는 것도 짜증나고, 기다리는 시늉에도 짜증이 나서 나는 동생에게 말했다.

"야, 기다릴 필요 없어. 거짓말이야."

하지만 동생의 눈동자는 이미 동정으로 그득했다. 반드시 이 꼬마에게 가족을 찾아 주어야 겠다는 결의로 빛나 보였다. 동생은 걸모습만 보고, 이 녀석이 사춘기쯤 어린 녀석이라고 생각하는 게 분명하다. 아니다, 그 녀석, 이십대야. 그것도 중후반이라고!

동생은 더욱 부드러운 말투로 꼬마에게 말했다.

"너 휴대전화기가 없지? 엄마에게 전화를 드려볼까?"

사촌 동생은 자기 휴대전화를 꼬마에게 넘겨 주었다. 꼬마는 할 수 없이 전화기를 받아들어 전화를 걸었다.

전화기 너머 들려오는 소리는 그야말로 신경질적인 소리였다.

"너! 왜 다른 사람인척 하고 전화를 걸어? 또 다른 사람 핸드폰으로 전화 걸었어? 날 속여서 니 전화 받으라는 거니? 이 사기꾼 종자야!"

그 소리를 듣고 역시 싸이코 집안이구나, 했다. 어떻게 자기 아들이 전화를 걸었는데 '다른 사람인척 한다'는 소리가 나오냐. 꼬마는 휴대전화가 없는데, 당연히 다른 사람에게 빌려서 걸어야 하지 않겠는가.

"엄마, 뉴스 봤어요?"

"이 미친 자식아! 내가 TV도 없어서 뉴스 안 볼거라고 떠보는 거냐? 넌 선을 그렇게 자꾸 넘어!"

꼬마가 미친 게 아니라 엄마가 미친 거였구나. 이 엄마란 사람은 화를 누르지 못하고 계속 소리를 질렀다. 그게 우리 귀에까지 다 들렸다.

"겨우 병원비 깎아서 한 달에 10만 원, 20만 원 남겼는데, 니가 이렇게 퇴원해 버리면 나는 어쩌냐? 니 학비도 다 못 챙겼어. 이 못난 녀석아! 어휴 그놈의 병원 입원할 때도 구질구질하고 못난 옷 입고 가더니, 거지같은 녀석아!"

이 모친은 그 와중에 병원비를 깎아서 돈을 남겼었구나. 그 돈도 자기 아들 용돈으로 주지 않고 그냥 자기가 다 썼구나. 그리고 그 지옥에서 아들이 탈출했는데, 매달 받는 돈 못 받게 되었다고 저리 욕질인가.

소년이 엄마에게 물었다.

"엄마, 돈 필요해? 아직도 화투 쳐?"

전화기 너머에서는 욕지기가 들렸다.

동생은 전화기를 다시 가져 와, 자기가 전화를 끊어버렸다.

"어머니가 바쁘신 모양이니까, 당분간 우리 집에 와서 지낼래?"

내 착한 동생 자식에게는 악령도 안 찾아갈 것 같다.

악령조차 너무너무 짜증이 나서.

다시 라파로

　나는 동생네 집에서 며칠 묵다가, 꼬마를 데리고 라파의집으로 돌아갔다. 미친 꼬마 녀석을 동생 집에 둘 수 없어서 같이 데리고 간 것이다.

　'어쨌든, 중독을 끊어야 한다. 이번에 뿌리를 뽑고야 말겠어.'

　목사님은 내게 그간의 일을 들으시곤 후회하셨다.

　"네가 다시 주식하게 해달라고 할 때, 나는 처음 알았다. 알콜 중독이나 주식 중독이나 똑같다는 것을. 알콜 중독자들이 잠시 끊었다가 다시 술 먹으면 눈동자가 휙 가거든? 그때 네가 다시 주식 만지고 오니까, 니 눈깔도 딱 그렇게 가 있더라. 너 그대로 두면 죽겠다 싶어서 니 가족에게 연락해서 병원에 보냈는데, 거기가 그런 곳일 줄은 몰랐다. 미안하다."

나는 목사님의 사과를 흔쾌히 받았다. 지금은 째째하게 나를 병원에 보냈니 어쩌니 이런 것을 따질 때가 아니다. 목사님은 중독자 치료에 진심인 분이다. 도움도 줄 수 있는 분이다. 내가 경험한 악령 이야기에도 놀라지 않고 몇가지 설명을 해주는 것을 보니, 악령도 쫓아내 줄 수 있을 것 같았다. 게다가, 가족들이 지금이라고 나를 받아줄 리가 없었다. 나는 라파의 집에서 지내면서 중독을 끊어야 했다.

나는 매일 산을 오르며, 건물 주변을 청소하며, 그 낯설던 예배당에 들어가 기도하며 지냈다. 그러나 방해가 많았다.

우선, 여전히 내 눈앞에선 주식 현황판이 어른거렸다. 한 번만, 한 번만 하고 끊자는 생각도 들었다. 주식으로 돈을 벌면 가족들이 다시 나를 받아줄 것 같았다. 이걸 끊기가 너무나 어려웠다.

그리고 목사님이 꼬마는 완전히 맛이 간 놈이라며 약을 지어 먹여야 한다고 했다. 이런 놈에게 어떻게 속을 수 있냐고 끌끌 혀를 찼다. 목사님은 나에게 꼬마를 데리고 정신 병원에 다니라고 말했다. 어쩔 수 없었다. 라파의 집에선 그나마 내가 가장 멀쩡한 사람이기 때문에, 내가 데리고 병원에 다녀야 했다. 이 녀석과 함께 다닐라치면, 대통령 형의 시신을 보고 스윽 웃음 짓던 이 녀석의 표정이 떠올라 소름이 끼쳤다. 너무 싫었다.

  뿐만 아니다. 어떤 때는 예배당에서 기도하는데, 낯선 여자가 들어와서 바닥을 쓸었다. 머리가 기분 나쁘게 검고, 나이를 가늠할 수 없고, 눈빛이 소름 끼치는 여자였다. 여자는 이상하게 신경 쓰이게 하는 구석이 있었다. 여자가 바닥을 청소하는 소리가 신경이 쓰여서 기도에 방해가 될 지경이었다. 그래서 나가달라고 말하려고 눈을 떴더니. 그 여자는 강대상 뒤로 스르르 사라져버렸다. 강대상 뒤에 문도 없을뿐더러, 라파의 집에 여자는 사모님뿐이었다.
  하루는 뒷모습이 꼬마처럼 보이는 녀석이 예배당에 앉아 있길래, 나는 야, 뭐하냐 하고 불러보았다. 라파의 집에 들어온 이후, 워낙 조용하게 방 안에만 있던 녀석이라 예배당에 나온 적이 없었기 때문이었다.
  꼬마처럼 보이던 '그것'이 뒤를 돌아보자, 소름끼치게

생긴 얼굴이 꾸물꾸물 흘러내렸다. 정신 차리고 눈을 크게 떠보니, 아무것도 없었다.

또 하루는 얼굴이 하얗고, 키가 작은 중년의 여자가 꼬마의 방에 들어가길래, 누군가, 설마 엄마인가? 했었다. 그러나 방에서 아무 소리도 들리지 않길래 문을 두드려 보았으나 대답이 없었다.

이상해서 문을 열어 보았더니, 방 안에 아무도 없었다. 그러나 분명, 검은 옷을 잘 차려입은 여자가 이 방으로 들어갔었다. 난 중독이 있는 것이지 환각을 보는 질병을 앓는 것이 아니다.

'별의 별 잡 것들이 다 방해하는구나.'

그동안 나를 괴롭히고 중독에 빠트리고, 인생을 망하게 했던 악령들이 슬슬 본모습을 드러내는 중이라고 나는 생각했다. 그래서 더욱 열심히 중독을 끊기 위해 노력했다.

'1%의 미련도 남겨선 안된다. 그 1%가 내 인생을 송두리째 날려버릴 수 있다.'

뼈를 다시 맞추는 듯 고통스러웠다.

여기서 꼬마는 거짓말도, 이간질도 하지 못했다. 방에 가만히 있는 것도 따지고 보면 이것 때문이었다. 이건 모두 목사님 덕분이었다.

목사님도 젊을 때 한 주먹하던 건달이었고, 덩치가 어마어마했다. 주먹만 잘 쓰는 게 아니라 냉철한 면이 있어서 거짓말을 금방 간파했다. 특히 중독자나 정신병자들의 거짓말엔 닳고 닳아서 아예 속질 않았다. 또 상담을 많이 해서 그런지 표정만 보아도 정신질환자를 대충 알아맞히었다. 목사님은 이걸 두고 '눈이 맛이 갔다'라고 표현하였다. 꼬마는 처음에는 목사님에게 '자기는 정상인데 억울하게 병원에 갇혔다. 자기는 정상이니 여기서 존경하는 목사님 잔심부름을 하며 지내겠다'라고 말을 했다가 '거짓말 하지 마라, 너도 네가 거짓말하고 있다는 것을 잘 안다.'라는 대답을 들었다.

게다가 이간질을 하거나 남의 험담을 하면 당장 불호령이 떨어졌다. 넌 뭐가 그리 잘나서 다른 사람들을 모욕하고 험담하냐고. 여기 있는 다른 사람들과 마찬가지로 넌 갈 데가 없는 녀석이고, 무언가 지어내서라도 자랑하고 싶으면 정신병 고쳐서 사회에 나가서 자랑거리를 만들라고. 잘난 법대를 나왔다니 정신병만 고치면 남들에게 피해 주지 않고서도 뭐라도 먹고 살 수 있을 거라고 목사님은 말했다.

꼬마는 목사님의 야단에 한 마디도 대답하지 못하고 눈물을 뚝뚝 흘릴 뿐이었다. 처음에는 다른 사람들에게 목사님 험담을 했으나, 아무도 들어주지 않았다. 꼬마는 점점 더 얌전해졌다. 거짓말도 통하지 않고, 자기 편 들어주는 사람도 없고, 자기 마음대로 되는 일도 없자, 나중엔 거의 방에서 나오지 않았다.

어느 날은 경찰서에서 연락이 왔다. 참고인 조사를 위해 잠시 방문하라는 것이다.

목사님과 함께 나는 경찰서에 갔다. 거기서 경찰관과 이런 저런 이야기를 하다가, 다른 환자들의 안위를 물어 보았다.

"913번 환자가 궁금합니다. 정신 멀쩡한데, 거의 감금 되다시피 병원에 왔어요. 밖으로 연락할 방법이 없으니 탈출도 못했어요. 그런데 병원 문 닫을 때 가보니까, 안 보이더라고요."

수사관은 이리저리 서류를 찾더니, "913번이요?" 라고 되물었다. 그렇다고 하자, 그는 내게 되물었다.

"그 사람 지병이 있었습니까?"

"아니요. 완전히 건강한 사람이었는데, 탈출한 뒤에 주사에게 너무 맞아서 다리를 절고 불편하게 걸었습니다. 하지만 다른 데는 문제가 없이 건강한 사람이었어요."

수사관은 혀를 끌끌 찼다.

"혐의가 추가되어야 겠네요. 그 환자, 사망 처리 되었습니다."

목사님은 한숨을 쉬셨다.

참고인 진술을 마치고 집으로 돌아오는 내내 우리는 아무 말도 하지 않았다.

나는 더욱 지겨워졌다. 중독 때문에 알게된 이 더러운 세계가 너무나 싫었다.

더욱 이를 악물고 중독을 끊기 위해 노력했다. 매일 목사님에게 상담을 받고, 매일 예배당에서 기도하며 살았다. 신을 완전히 믿어서는 아니었다. 단지 의지할 데가 필요했고, 그간의 경험으로 막연하게나마 '영적인 세계'가 따로 있다는 생각을 하게 되었기 때문이었다.

"하나님, 제발, 나 좀 살려주세요. 중독 좀 끊게 해 주세요. 그러면 제가 믿어드릴께요!"

나는 한 편으로는 꼬마 역시 악령에 시달리는 존재라고 생각하게 되었다. 목사님 말로는, 귀신이 마음 속에 너무 오래 있으면 사람이 미쳐버린다고 했다. 그 말을 듣고 생각하니, 꼬마의 거짓말과 이간질은 일반적인 피해망상, 조현병과 약간은 결이 다른 것이었다.

'얘도 이상한 중독이 있긴 했어. 다른 사람들을 조금씩 파괴하고 싶어하는 중독같은 거.'

꼬마를 병원에 데리고 가던 날, 엘리베이터 안에서 꼬마는 갑자기 중얼거렸다.

"다 죽이라고 누나가 말해요. 다 죽여야 겠어요. 이 엘리베이터 안에 있는 사람들은 모두 무사히 나가지 못할 거야. 내 말은 틀린 적이 한 번도 없어."

엘리베이터가 멈추고, 사람들은 모두 무사히 내렸다. 나는 어이가 없어서 꼬마에게 물었다.

"너, 대체 무슨 소리를 하는 거냐?"

"모르겠어요. 그런데 누나가 절대 약 먹지 말래요."

"무슨 누나?"

"거울에 안 보이세요?"

꼬마는 엘리베이터 벽면의 거울을 가리켰다. 거울 속에는 나와 꼬마 둘뿐이었다.

"저 누나가, 저에게 알려주었어요. 지금 병원에 가서 약을 먹으면, 제가 죽는다구요. 전 약을 먹지 않을 거예요."

"응. 약 먹으면 누나가 죽을 거야. 그래서 너에게 거짓말 하는 거야."

"누나가 죽어요?"

"싫니?"

"모르겠어요. 누나는 나를 괴롭히지만, 난 누나 없으면 어떻게 살아야할지 잘 모르거든요."

그제서야 나는, 꼬마가 처음에 말했던, '머릿 속에서 누가 시키는대로 죽였다.'라는 말의 뜻을 알게 되었다. 나는 꼬마의 팔을 꽉 붙잡고 병원으로 들어갔다. 그리고 의사를 만나 말하였다.

"목숨만 겨우 붙어 있을 정도로 독하게 약을 지어주세요."

약을 먹으면서 꼬마는 한동안 상태가 좋아졌다.

"요즘은 누나가 잘 오질 않네요."

누나를 자주 만나지 못하면서, 꼬마는 차츰 더 험담도, 불안도 줄어들었다. 낯선 사람 앞에서 눈동자가 좌우로 심하게 흔들리는 증상도 사라졌다. 손을 꿈지럭거리며 불안스레 만지작거리던 습관도 상당히 사라졌다. 나를 따라 매일 예배당에서 기도하기도 했다.

"누나가 악령이었던 것 같아요. 형 말이 맞아요. 전 기도해서 열심히 누나랑 멀어질 거예요."

나는 이 녀석과 그리 가까이하고 싶지는 않았지만, 이 녀석의 치료를 방해할 생각도 없었다. 뭐라고 하건말건 그냥 관심을 끊었다.

그러나, 이 관심을 받아야 살 수 있는 꼬마는 남들의 관심이 끊어지게 두질 않았다.

"목사님! 저 좀 도와주시겠어요?"

"들어가라."

"형님, 형님 옆방 형님이 제게 그러는데요, 형이 중독자라고….."

"꺼져라."

꼬마는 꼭 집중해서 기도해야 할 때에 쓸데 없이 말을

걸었다. 집중하는 것을 방해 받으면 누구나 짜증이 난다. 하지만 이 꼬마를 싫어하는 나는 더욱 짜증이 났다.

"형, 형, 어떻게 형은 그 병원에서 약을 안 먹었어?"

"어금니에 물고 있었다. 꺼져."

말을 받아주는 사람이 없자, 꼬마는 더욱 의기소침해졌다. 꼬마는 사람들에게 거짓말을 하고, 동정을 받고, 남을 경멸하며 으스대는 것이 유일한 낙이자 실낱같은 자존감의 원천이었을 것이다.

병원에 있을 때 꼬마가 불쌍한 척을 하는 것을 보며, 저렇게 불쌍해 보이면 자존심이 상하지 않나, 싶을 때도 있었다. 하지만 꼬마는 불쌍해 보여서 무언가를 얻어내면 만족해했다. 그러곤 돌아서서 자기가 잘났다며 으스대는 것도 잊지 않았다.

지금은 그 모든 것이 다 불가능해졌다.

한동안 방 안에서 조용하던 꼬마는 주기적으로 방 밖으로 나와 관심을 끌려 하거나 사고를 쳤다.

"형, 봐봐. 나 혀 자른다."

"뭘 잘라. 그냥 꺼져."

잠시 후, 나는 내 눈을 믿을 수가 없었다. 꼬마는 진짜

190

로 자기 혀를 자르고 있었다.

"안 아퍼. 진짜야."

나는 녀석의 가위를 빼앗았다. 그리고 그대로 꼬마를 업고 목사님 차로 달렸다. 목사님은 내가 소리지르는 것을 듣고 밖으로 나왔다가, 피투성이 꼬마를 발견하였다. 우리는 서둘러 차를 운전하여 병원으로 갔다.

이후로도 나는 그 앙칼지고 싸가지 없는 싸이코 꼬마를 위해 목사님과 함께 병원에 들락거렸다. 꼬마는 수술까지 받았고, 모든 비용은 목사님이 다 내셨다. 이 녀석에게 감사의 마음이 있을 리도 없고, 고맙다는 말을 해도 다른 부탁이 있거나, 자기가 예의 바른 사람이라는 거을 보여주고 싶다던가 하는 다른 목적이 있는 것이라 듣고 싶지도 않았다.

나는 목사님에게도 이 꼬마에게 진정한 감사를 바라지 말라는 말을 하긴 했지만, 목사님은 그런 것은 개의치 않는 눈치였다.

"살아라. 살아 있기만 해라. 살면 어떻게든 좋아진다."

꼬마가 깨어나고, 나는 물었다.

"대체 왜 혀를 자른 거냐?"

"누나가 자르라고 했어요. 하나도 안 아파요."

꼬마의 눈을 지긋이 바라보던 목사님께서 내게 말씀
하셨다.

"출중아. 이 애, 눈 보니까 약효가 다 떨어졌어. 약을
안 먹은 게 분명해. 병원에 가서 이야기하고, 더 독하게
지어 먹여라."

그러고보니, 꼬마는 얼마 전에 내게 정신 병원에서 준
약을 먹지 않는 방법을 물어보았었지. 난 바보같이 그
걸 가르쳐주었네. 꼬마는 약을 먹지 않은 것이다. 내게
방법을 배워서 말이다.

나는 그 혀 자르는 장면을 본 이후로, 꼬마에 대한 사
소한 증오심까지도 다 사라졌다. 그냥 미친 놈이었다.
미친 놈에게 무슨 원한이 있겠는가. 이런 녀석에게 원
한을 품어보았자 내 마음만 상할뿐인 것이다. 아니지,
지옥같은 증오심은 사라졌지만, 더러운 오물을 보듯이
싫긴 했다. 이건 결이 다른 감정이었다.

꼬마가 대략 건강을 회복한 후에 나는 목사님의 지시
로 이 녀석을 데리고 정신병원에 갔다. 약을 지어오라
는 것이었다. 수술받고, 회복하는 동안 정신과 약을 못

먹어서 상태가 심각할 수도 있다는 게 목사님 말씀이었다.

"손 잡고 가라. 출중이 형."

목사님은 농담처럼 말씀하셨지만, 꼬마 상태가 걱정이 되었던 것 같다.

병원에 가며 꼬마는 내게 물었다.

"형! 형은 내가 거짓말을 했다고 생각하지?"

나는 심드렁하게 대답했다.

"응."

"그래, 뭐. 거짓말도 좀 했지. 하지만 다른 사람들도 거짓말 하잖아. 전혀 안해? 형은 태어나서 한 번도 거짓말 안 했어? 그리고 사실, 그거 거짓말은 아니었어. 기도가 나 만졌다는 거."

"운전하게 좀 닥쳐라."

"그 방으로 들어가니까, 옷을 다 벗기더라고. 그리고 날 결박하면서 만졌어."

"그냥 묶으려고 한 거야. 나도 그랬어. 만지지 않고 어떻게 묶지?"

"형은 무식해서 모르는 거야. 그건 인권 문제라고. 내가 원하지 않으면….”

　나는 차를 세우고 꼬마의 따귀를 세게 때렸다.

“닥치고 병원이나 가자. 이 미친 놈아!”

　한 대 맞은 꼬마가 더러운 눈으로 나를 노려보길래 있는 힘껏 한 대 더 때렸다. 때리면서도 더럽게 느껴질 뿐이었다. 꼬마는 비명도 지르지 않고 나를 노려보며 맞았으나, 입술이 터져 피를 흘리고, 얼굴이 부어 엉망이 되었다.

　병원에 도착한 후에 이 행동을 후회하게 될 줄은 나도 몰랐다.

대신 죽는 거야

병원에 도착해서, 의사에게 그간 못 온 이유를 설명해주었다. 의사는 심각하게 고개를 끄덕였다. 그리고 처방을 해주었다.

정신병원에 다니면서 가끔은 이런 생각도 들었다.

'처방이 치료의 전부인가? 그럼 그냥 약사에게 가면 되는 거 아니야?'

물론 상담도 받고, 이런저런 이야기도 하면 좋겠지만, 그건 돈 많은 사람들에게나 가능할 것 같다. 나는 목사님이 쥐어준 돈을 손에 꼭 쥐었다.

꼬마는 그런 내 손을 꼭 쥐었다.

어쩐지 소름이 끼쳐서, 나는 슬며시 그 손을 떼어버리면서 말했다.

"약국에 가자."

나는 짤막하게 말을 던지고 병원을 떠났다. 꼬마가 따라오지 않는 것을 알긴 했는데, 신경 쓰지 않았다. 이럴 때 신경을 좀 써주면, 이런저런 거짓말을 하며 엉뚱한 것을 부탁하며 들러붙는 이 녀석의 성격을 너무도 잘 알고 있으니까.

거짓말 하기 전에 전초전도 있다. 자기가 할 이야기를 사람들이 믿게 하기 위해 미리 힌트도 주고, 관심도 끈다. 예를 들면, 누군가에게 사기를 치고 싶으면 먼저 이렇게 말을 하는 것이다.

"아, 그 사람 전에 거짓말을 했지만, 이번엔 믿어도 괜찮겠지요? 함께 뭣 좀 해보려고 하는데요."

이런 정보를 들으면, 우린 누군가 거짓말을 했다는 사실에 그 사람을 의심하게 된다. 그러면 얼마간 있다가 꼬마는 그 사람이 저지른 어마어마한 악행에 자신이 피해를 당했다며 우리에게 호소를 한다. 사람들은 '전에 거짓말한 사람'이라는 정보가 각인이 되어서 꼬마가 당했다고 너무 쉽게 단정해 버린다. 꼬마 말만 들으면 아니, 대체 어떻게 이 아이에게만 이런 일이 생기지? 싶을 정도로 하는 일마다 다 나쁜 사람을 만난다.

그러나 내막을 알고보면 꼬마가 되도 않는 싸가지 없는 말과 앞뒤 안 맞는 행동으로 그 사람에게 피해를 준 것이지만, 꼬마는 철저하게 그 사람을 나쁜 사람으로 몰아갔다.

그러면 우리는 애초에 거짓말하는 사람과는 어울리지 말았어야지, 에라, 관두어라. 내가 해줄게. 이런 식으로 말을 해주었다.

꼬마는 항상 이 패턴을 이용한 것이다. 자기가 악행을 저지르고 남을 욕하는 방식이었다.

하지만, 나중에 알고보면 상대방은 거짓말을 한 적이 없었을 때가 많았다. 꼬마가 피해를 입었다고 주장하는 내용 일부는 사실이었지만 대부분은 꼬마의 거짓말이었다. 꼬마 말만 들으면 꼬마가 만나는 사람은 다들 싸이코에 꼬마를 이용해먹기만 하고, 무능력하고, 사악한 사람들이다. 하지만 알고보면 거짓말과 사실을 혼합해서 상대방을 나쁜 사람으로 만들었던 것이다. 혹여, 꼬마가 피해를 입었다고 해도, 그전에 꼬마가 끼친 피해가 훨씬 더 컸다. 그러니까 이 꼬마는 성격파탄에 거짓말쟁이, 피해망상증 싸이코였다.

이 꼬마의 병명을 확실하게 듣게된 것은, 함께 정신 병원에 다니면서였다. 조현병에, 피해망상증에, 강박으로 인한 다양한 중독에, 연극성 인격장애였다.

'그럴 줄 알았다. 그러니까 이 꼬마 새끼 말은 한 마디도 믿어선 안되.'

음, 여기까지 생각하니까, 좀 극단적으로 생각하는 느낌도 없지 않지만, 나는 다시 바닥에 쓰러진 대통령 형을 생각했고, 그를 모함하며 비웃던 꼬마의 표정이 생각났다.

'상대할 자식이 아니야. 절대 믿어서는 안 된다.'

꼬마는 내 결심도 모르고, 엘리베이터 버튼을 누르는 내게 말을 걸었다.

"그 약, 제가 지으면 안 되요?"

"왜 약을 니가 지어? 약사가 짓지."

꼬마는 입을 가리며 까르르 웃었다. 나는 그걸 보며 이렇게 생각했다.

'왜 갑자기 친한 척이지?'

"그게 아니라, 제가 돈을 내서 약을 짓고 싶어요. 제가 무슨 큰 정신병자도 아니고, 어린 아이도 아닌데, 너무

심한 거 아니예요? 한 번만 부탁 드릴께요. 네?"

난 한숨을 쉬었다.

"또 돈 가지고 어디 엉뚱한 데 쓰려고? 넌 거짓말 중독
이야. 한순간도 말을 지어내지 않으면 못 살겠냐? 돈 없
으면 니네 엄마에게 좀 보내 달라고 해. 니네 엄마 돈도
많고 너라면 껌뻑 죽는다며?"

엄마는 꼬마의 아킬레스건이었다. 나는 일부러 엄마
이야기까지 꺼내가며 쏘아붙이고 자리를 떠났다.

'약간 치사한 느낌이 들긴 하지만, 저 자식이 여태 한
거에 비하면 아무것도 아니지!'

꼬마는 의외로 무표정했다. 이 정도면 아니다, 잘 못
알았다, 형이 정신병자다 하며 난리가 날텐데, 의외로
멀쩡했다. 꼬마는 잠시 화장실 다녀 온다고 말하고 병
원 내부 화장실로 갔다. 뒷모습도 꼴보기 싫었다.

약국은 같은 건물 1층에 있었다. 나는 먼저 내려가서
약을 지어야겠다고 생각했고, 꼬마가 뭐라고 하건 말건
그냥 내려갔다.

여기까지였다. 내가 꼬마와 함께 어떤 행동을 할 수 있
는 시간은. 그의 실낱같은 진실을 믿어줄 시간은 이제

끝난 것이었다.

잠시 화장실에 다녀오겠다던 꼬마는 약을 다 지어도 돌아오지 않았다.

난 걱정하지 않았다. 갈 데가 없는 꼬마다. 어차피 개 고생하지 않으려면 라파에 돌아와야 한다. 그리고 거긴 혼자 가긴 어려운 곳이다.

'근데, 왜 나를 기다리게 하지? 돈도 없고, 혼자서 할 수 있는 일도 없을텐데. 심지어 여긴 같이 흉볼 사람도 없잖아?'

아마도 나와 기싸움이라도 하고 싶은 모양이라고 생 각했다. 내가 자기를 찾아 나서고 관심을 쏟으면 다시 이것저것 부탁하고, 날 이용해 먹을 것이 뻔하다고 생 각했다. 난 그만큼 꼬마에게 질려 있었다. 건물 밖으로 나가서 '병신은 두고 간다!'라고 소리라도 지르고 싶은 심정이었다.

'그래, 그냥 두고 가자. 장난질에 장단 맞춰줄 필요 없 어. 뭐, 지가 알아서 돌아오겠지. 혼자서 산 타고 올라 오면 되겠네. 길을 모르겠으면 슬비던가? 거울 속 그 누 나에게 물어보던가.'

건물 밖을 나가려고 했을 때, 밖이 어쩐지 소란스럽다는 것을 느꼈다.

"누가 신고 좀 해주세요."

"신고했어요. 곧 경찰이 올 거예요."

"어휴, 이 건물에서 진짜로 뛰어내리려고 하나?"

"애매해요. 4층 건물 옥상이라 죽지 않을 수도 있어요. 대신 크게 다치고 장애는 생길 것 같아요."

"어휴, 2층에서 떨어져도 죽을 사람은 죽어요."

"저 정도면 누가 얼른 올라가서 끌고 내려와도 되겠는데?"

"옥상으로 나가서 문을 잠갔대요. 지금은 아무도 접근 못한대요."

"역시 119나 경찰이 와야겠네요."

누가 자살 시도하나? 난 무심코 건물 위를 쳐다보았다. 난간 위에 몸집이 작은 사람이 서서 아래에 몰려든 시민을 내려다보고 있었다. 꼬마였다.

나도 모르게 소리를 질렀다.

"야! 이 미친놈아! 너 거기서 뭐하는 거야?"

꼬마는 나와 눈이 마주쳤다.

눈은 무표정한데, 입만 씨익 웃었다. 소름이 끼쳤다.

저 미친 녀석은 저 난간 위에 위태롭게 서서 어떻게 저렇게 태연하지?

"누나랑 같이 죽으려고 해. 형."

"닥치고 그냥 내려와. 그래봤자 사람들은 너에게 관심이 없어!"

길에서 꼬마를 지켜보던 사람들의 시선이 내게로 몰렸다. 사람들은 입으로 말은 하지 않아도 표정으로 말을 했다. 대체 무슨 말을 저렇게 하느냐, 인성 쓰레기네. 이런 표정이었다. 난 창피하지 않았다. 이게 꼬마를 말리는 데 최선이라고 생각했다. 그리고 너희들이 나처럼 당했으면, 너희들 중에는 지금 옥상에서 꼬마의 등을 밀었을 사람도 있을 거다.

"누나가 이렇게 하래. 어쩔 수가 없어. 형."

"누나는 무슨 누나야? 헛소리 말고 그냥 내려와!"

"난 누나 말대로 할 수밖에 없어. 형은 내가 거짓말 중독이라고 하지만, 그렇지 않아. 중독된 것은 내가 아니라 누나야."

"그 누나 실제로 없는 사람이야. 그냥 니 착각이라고!

그냥 내려와!"

꼬마는 내 말을 듣다가 코웃음을 쳤다. 난 저 표정을 굉장히 싫어한다. 남을 경멸하고 무시하려는 듯한 표정. 그런데, 조금 떨어져서 보니 이젠 저 표정을 정확하게 읽을 수 있다. 저건 분명, 열등감을 숨기려는 표정이었다. 위축되고 억눌리고 무언가 숨기고 싶은 자의 짓눌린 표정. 그 표정 안엔 내 과거도 숨어 있었다. 그리고 그 감정적 억압 속에서 남을 경멸하는 것으로 숨을 쉬어 보겠다는 불쌍한 자의 표정도 읽을 수 있었다.

"형! 형이 진짜 나쁜 게 뭔 줄 알아? 내게 말 걸던 누나, 형에게도 계속 말 걸었어. 날마다. 그런데 형이 대답을 하지 않으니까 내게 더 난리치는 거 아니야. 왜 모른 척하지? 난 누나 말을 듣지 않고서는 견딜 수가 없었어. 남의 흉을 본다고? 아니야. 누나가 내게 말해주는 걸 말하는 거야. 그러지 않으면 누나가 나를 너무 비난해서, 내가 너무 비참해지거든."

나는 대답할 말이 없었다. 어떻게 말하면 저 미친 꼬마가 정신을 차리고 저기서 내려오게 할까, 생각만 했다.

꼬마가 옥상 난간 위에서 꿈틀꿈틀 움직이는 것을 본

나는, 나도 모르게 소리를 질렀다.

"그건 그냥 니가 지어낸 생각이라고!"

꼬마는 나를 노려보았다.

"착한 척 하지마. 내가 너 대신 죽는 거야."

꼬마는 내 대답을 들을 새도 없이 바로 뛰어내렸다.

꼬마가 떨어질 때, 나는 환각을 보았다. 까마귀 같이 생긴 어두운 그림자가 스멀스멀 그 몸에서 빠져나오는 모습. 그리고 아주 짧은 순간, 당황하며 후회하는 꼬마는 표정.

내 눈을 비비고 다시 보았다. 그것은 그림자 같기도 하고, 연기 같기도 했다. '그것'은 나를 흘겨보고선 인파 속으로 사라졌다. 꼬마가 기분이 상했을 때 흘겨보던 눈이 떠올라 나는 소름이 끼쳤다.

'저게 바로 그 악령이구나.'

나는 정신을 차려야 했다. 저게 내 속으로 들어올까봐 나는 잔뜩 경계하며 정신을 바짝 차리고 있었다. 꼬마가 사는 세계에서 살고 싶지 않았다. 지금보다 더 지독한 악몽 속에서 방황하고 싶지 않았다.

머릿 속에서 기도문을 외우면서 나는 보이지 않는 신

에게 간절히 구했다. 제발, 나 좀 살려달라고. 중독이라는 악몽속에서 살고 싶지 않다고.

얼마 후 경찰이 출동했다. 나는 간단하게 참고인 진술을 하고, 연락처를 알려준 후에 비틀비틀 라파의 집으로 돌아갔다.

대탈출

내 이야기를 들은 목사님은 잠시 눈물을 훔쳤지만, 놀란 표정은 아니었다.

"그래, 결국 이기지 못했구나."

"뭘 이겨요?"

"악령. 니 대가리 뒤에도 딱 붙어있는 그거."

"소름 끼쳐. 목사님이 무슨 악령 같은 소리를 해요?"

"어떤 중독은 악령 때문이야. 물론 노력, 공동체, 약 이런 것으로 끊을 수도 있지만, 그것만으로는 부족할 때가 있지. 악령이 없으면 설명할 수가 없을 때가 있어. 그 악령과 내 영혼을 놓고 줄다리기 게임을 하는 것이 바로 중독이지."

"뭔 소리예요?"

"널 보면 알 수 있잖아. 악령 본 적 없어?"

나는 잠시 생각을 했다.

"꼬마는 줄다리기 게임에서 진 것인가요?"

"영혼을 완전히 잠식 당했어. 유전적인 문제도 있는데, 결국 그건 본인이 선택한 거야."

"저도 나중에 그렇게 되나요?"

"본인이 결정하는 거라니까."

얼마 후, 나는 주식을 끊을 수 있다는 확신을 얻은 후에 라파의 집을 떠나 내 집, 내 가족에게로 돌아왔다. 확신은 나를 견고하게 했다. 다시는 주식을 하지 않으리라. 취미라도 다시는 중독에 빠지지 않으리라.

사회에 복귀한 후, 나는 한동안 충동을 억제하는 정신과 약을 먹었고, 직업은 육체 노동을 할 수 있는 쪽을 선택하였다. 교회에 다니고, 배드민턴 클럽에 다니며 사회생활을 지속하였다. 중독자는 고립되어서는 안된다. 따뜻한 공동체가 반드시 필요하다.

이후로 나는 정상적인 생활을 하며 자격증을 땄다. 일을 해서 빚도 갚고, 재기에 성공하여 교육 기업을 운영하며 여전히 사랑하는 가족들과 함께 잘 살고 있다.

그간 나를 괴롭혔던 것이 악령인지 일종의 정신병인지 누가 토론하자고 덤비면 나는 토론에 응할 생각이 없다. 이건 경험하는 것이지 논증할 수 있는 것이 아니기 때문이다. 하지만 한가지는 분명하다. 나는 분명 혼자서는 그 중독에서 벗어날 수 없었다. 그 지겨운 악령을 퇴치하고 나서야 나는 정상적인 삶을, 진짜 내 삶을 살 수 있었다는 것이다.

이제는 누가 주식을 하라고 100억을 준다해도 절대 받지 않고 거절할 것이다. 주식을 시작하는 순간, 그 지독한 중독이 다시 시작되고, 그러면 내 삶은 100억보다 더한 지옥으로 떨어질 것을 알고 있기 때문이다.

이제 내 이야기는 끝났다. 수치스럽고 지난하지만, 누군가에게는 도움이 되지 않을까 하는 작은 소망에 모든 것을 공개했다. 작은 중독, 혹은 지독한 중독에 빠졌던 분들께 힘이 되었으면 하는 마음도 덧붙인다.